———— 날마다,
지하철

날마다,___ 지하철

매일
오르고 내리니
어느덧
어른이 되어 있었다

——— 전혜성

싱긋

부모님은 나를 사람 구실하게끔 먹이고 입혀 키워주셨고
지하철은 나를 사회인으로 살아가게끔 밤낮으로 실어날랐다.
부모님의 뒷바라지와 지하철의 뒷받침이 나를 만들었다.
나는 부모님의 딸이자 지하철의 딸이다.

지하철을 타는 동안 나이 앞자리가 세 번 바뀌었다. 배움을 등에 업고 술을 마시러 인천으로, 그를 만나러 강남으로, 첫 직장 출근을 위해 강북으로, 지하철을 타고 오갔다. 서른 해 넘게 지하철 안에서 이리저리 흔들리며 앉았다 섰다를 반복하니 어느새 훌쩍 어른이 되어버렸다.

수많은 날 가고 싶은 곳, 가야 하는 곳으로 지체 없이 나를 데려다준 교통수단으로서의 지하철에 감사한다. 데드라인을 갖고 사는 광고쟁이인 내게 달리는 트렌드 리포트, 지하철은 많은 날 영감과 아이디어를 제공했고, 사람과 사회의 단면을 드러내어 생활자로서 생각과 의견을 정리하게도 만들어주었다. 천 원, 이천 원에 많은 것을 더해주는 지하철을 애정하는 마음이 크다.

불편한 마음도 적지 않다. 잡상인 많고 시비가 잘 붙

는 1호선, 모든 복잡한 지하철 중에서 최고의 복잡함을 자랑하는 2호선, 담배빌런이 왔다간 4호선, 환승 구간이 길어도 너무 긴 5호선, 출퇴근 새로운 지옥철의 대명사로 등극한 9호선까지 지하철의 모든 라인이 각각의 이유로 불편한 이미지를 갖고 있다. 무엇보다 세상 물정 몰라 물들기 쉬운 청춘을 무례와 이기의 집단 속에 흠뻑 담가 물들게 한 인간 실격 양성소로서의 지하철에게 불편과 멸시가 없을 수 없다. 지하철 안에서 나는 착하면서 못되었고 못되면서 착했다. 무례와 이기를 모르던 나는 그러한 사람들과 부딪히며 물들어갔고, 이미 물들 대로 물든 나는 그렇지 않은 사람과 부딪혀 무례와 이기를 전파했다.

커다란 감사와 애정, 조그마한 불편과 멸시를 담아 날마다 타고 내리는 나의 지하철에 대해 쓴다.

차례

지하철을 탄다는 건

생애 첫 지하철은 부산에서였다. 그렇지만 자주 타지는 못했다. 서울과 함께 지하철을 개통한 제2의 도시 부산에 지하철이 없어서가 이유는 아니었고 나는 공부를 업業으로 하는 청소년이었기 때문이다. 국딩* 때에는 걸어다닐 수 있는 거리의 학교를 다녔고, 중딩이 돼서는 걸어서 학교를 가는 한 살 위 언니와는 다르게 먼 위치의 학교에 배정되어 20~30분 버스를 타고 갔다. 고등학교 또한 언니는 집과 가까운 거리의 학교에 입학했고, 나는 중

---

* 초등학교를 예전에는 국민학교라 불렀다. 초등학생을 초딩이라고 하기에 국민학생을 국딩이라고 써보았다. 1941년 일본이 소학교를 대신하여 초등교육기관을 국민학교라 불렀으며 전쟁 시기에 국민 동원을 지지하는 장치로도 기능하였다. 우리나라에서는 1996년까지 사용하다가 민족정기 회복 차원에서 초등학교로 명칭을 변경했다. 지금의 학교교육 제도는 초, 중, 고, 대학교 순으로 완성되었으니 전보다 알맞게 정리된 것 같다.

학교보다 5~10분 더 멀어진, 지대 높은 곳에 위치한 고등학교에 들어감으로써 4년 차 버스 통학생이 되었다. 버스가 올려다준 평지에서 학교는 또 조금 더 높은 곳에 자리잡고 있어, 교문까지 약 30도 경사의 시멘트 구간을 지나야 도달할 수 있었다. 부산의 '강남8학군'으로 꼽히는 학교의 명성은 다니는 동안 아무런 혜택이 되지 못했으며, 먼 통학 거리보다 가파른 시멘트 언덕이 더 싫었던 고딩이 동래구와 금정구를 넘나들며 살고 있었다.

걷고 버스 타고, 학교, 집, 학교, 집만을 오가는 메트로놈 같은 루틴을 오가느라(공부만 하느라고 쓰기에는 나는 다소 양심적이다) 내게 지하철은 굳이 일을 만들어야만 탈 수 있는 귀한 교통수단이 되어갔다. 당시 나는 입시학원도 안 다녔는데, 입시학원 무경험은 우리 집안에서도 밖에서도 튀는 이력이긴 했다. 그러니까 그때 왜 나는 입시학원도 안 다녔단 말인가. 입시학원이라면, 입시학원이 즐비한 서면이라면, 지하철로 신나게 공부도 하며 다녔을 텐데 말이다. 입시학원을 공부가 아닌 지하철로 엮는 내가 공부를 신나게 했을 리 만무하지만.

"혜성아, 토요일에 부대 갈꺼재*?"

"어, 가자."

부산에서 최고로 꼽히는 명문대학, 부산대학교를 사람들은 '부대'라고 줄여 불렀다. 부대 앞 역시 다른 대학가처럼 먹고 마시고 놀고 입을 거리가 즐비한 핫플레이스였고, 모든 대학가가 그렇듯 젊은 청춘이 차고 넘쳤다. 대학생, 고등학생, 중학생 할 것 없이 그야말로 온갖 학생들이 판을 쳤는데 나와 친구들도 주말마다 그 판에 적극 동참했다.

딱 붙는 청바지, 한눈에 알아볼 수 있는 브랜드의 상의와 양말, 컬러풀한 스니커즈, 거기에 형광색 모자까지 없으면, (지금 생각하니 컬러가 과했으나 그땐) 완벽에 가까웠다. 거울 앞에 선 내 차림이 티브이 속 댄스가수와 싱크로율이 높아진다 싶으면 자신감도 덩달아 치솟았다. 티셔츠 깃은 세울까 말까, 세우니까 멋지긴 한데 좀 과한 듯하고 내리자니 밋밋해서 좀 엣지가 없는 듯한데…… 가는 동안에는 내리고 친구들 만나면 세우는 걸

---

* "~재"는 부산 사투리로 주로 의문문에서 볼 수 있는데, 서울말의 "~지?"와 같은 뉘앙스로 쓰인다. ex. [서울말] 어때, 맛있지? → [부산말] 어떻노, 맛있재?

로, (지금 생각하니 똥폼에 불과했으나 그땐) 오케이! 집을 나섰다.

그날의 부대 앞도 C, M, P와 함께였다. 당시 학급의 자리는 키로 정했는데 맨 앞줄에 가장 작은 친구가 앉고 뒷줄로 갈수록 키가 커지는 식이었다. 앉은 자리에서 친구가 만들어지는 시기였기에 작은 애들은 작은 애들끼리, 큰 애들은 큰 애들끼리, 키로써 유유상종했다. 나는 키가 작아 앞쪽에 앉았지만 뒤쪽에 앉은 키 큰 친구들과도 잘 어울렸다. 학교 안에서는 작거나 크거나 두루 친하게 지냈는데 학교 밖에서는 큰 키의 C, M, P와 어울려 다녔다. 중고등학생 시절을 떠올려보면 학교 밖에서는 키 작은 친구보다 키 큰 친구들과 더 잘 놀았던 것 같은데 이유는 모르겠다. 이유 모를 유유상종의 그림에서 벗어난 나는 학교 안팎에서 눈에 띄었다. 어떻게 꾸며도 주목받을 수밖에 없는 무리 중 단신으로 더욱 더. 중학생 신분으로 대학교 앞에서 대학생처럼 하고 만난 우리 넷은 차림으로 신분을 세탁이라도 하겠다는 듯 머리부터 발끝까지 한껏 멋을 부렸다.

덩치 큰 C와 M은 크디큰 점퍼에 커트머리로 '노는'

과 '쎈'을 다 삼켜버린 포스를 풍겼고, 평소에도 남다른 패션 감각을 뽐내던 P는 반뿔테안경과 올백 묶음머리 대신 렌즈와 길게 늘어뜨린 머리로 '부대 앞 여대생'이라는 키워드를 덩치 있게 소화했다. 모두 최선을 다한 모양새였다.

"우와~ 뭐꼬, 티 처음 보는 건데?"

"니, 안경은? 렌즈 꼈나*?"

"느그들은 좋겠다. 키 커서. 진짜 대학생 같다."

"니는 어제 입은 거를 또 입었네. 이거밖에 없나?"

"야, 야, 잠바를 어떻게 매일 갈아입노. 그러는 지는 어제랑 똑같이 못생기 갖고."

티, 안경, 키, 점퍼 이후에도 더 많은 지적과 웃음이 오갔다. 딱히 더 많은 아이템이랄 것도 없었는데 젊은, 아니 어린 여자 넷은 있는 패션 없는 패션 달달 긁어 서로를 물고 뜯었다. 계속되는 지적과 웃음, 물고 뜯음은 매우 즐겁다는 증거였다. 교문을 통과해 흙먼지 날리는 운동장을 가로질러 들어간 교실에서 닷새를 갇혀 있다

---

* 부산 여자는 다나까에 익숙하다. 군대용어가 아닌 일상용어로. 그러니까 어쩌면 부산의 10대 혹은 그보다 더 어린 여학생이 서울의 군필남보다 다나까를 먼저 쓴다고도 할 수 있겠다.

가 주말에 한 번 세상 밖으로 나와 해방감을 즐기는 중학생들은 뭘 해도 즐거웠다. 우리의 말과 행동에는 탈출의 기쁨과 자유의 만끽이 잔뜩 묻어났다.

문구점에서 팬시점으로, 이번에는 서로가 아닌 핫바와 문어발을 물고 뜯으며 친구들과 함께 부대 앞을 접수해갔다. 어느새 상의 깃은 기세처럼 꼿꼿이 세워져 있다. 이 가게, 저 가게 들어갔다 나오기를 반복한 끝에 우리가 정착한 곳은 지하에 있는 유명한 고로케집이었다.

"니 뭐 샀는데?"

"쫌, 일단 시키고."

"보자, 쫌."

"시키고, 쫌."

주섬주섬 벌리는 비닐봉투 안에는 필기도구와 편지지, 메모장, 머리끈이 전부였다. 대학교 앞을 접수하고 건진 것치곤 소박하고 귀엽기 그지없었다. 보채는 M과 버티는 P가 대체 왜 팽팽했던 건지도 알 수 없었다. 올렸다 내렸다, 나왔다 들어갔다, 구매한 물건들은 고로케를 비켜 순서 없이 등판했고, 소박하고 귀여운 물건에 비해 수다는 사치스럽고 정신 사납게 이어졌다. 고로케를 다 먹을 즈음 누가 먼저랄 것 없이 다음주, 토요일, 부대 앞을 또 부킹했다. 패션 평가 후 문구점에서 팬시점으로, 핫바를 물고 문어발을 뜯으며 같은 코스를 돈 끝에 고로 케집에 앉아 있을 게 분명한데도 말이다.

밋밋해 보이는 부대 앞 접수 놀이에도 우리 나름의 고집이 있었다. 부산 최고의 대학교가 목적지였으니 한 번쯤 교정을 돌아보고 와도 될 만한데, 그랬다면 부모님 과 선생님께 앞날을 생각하는 계획 있는 자식이자 학생 으로 보였을 텐데, 우리는 부산 일류대학에 들어가겠다 는 포부는 품어본 적이 없던 터라 부대 정문 안으로는 한 발짝도 들이지 않았다. 노는 쎈 언니 같은 분위기를 한껏 냈으니 그렇다면 카페나 술집을 한 번쯤 기웃거려도 될 만한데, 그 문 또한 한 번도 열어본 적이 없다. 중학생으 로 그곳을 드나든다는 것은 뻔뻔함과 배짱을 장착한 연 기의 문제가 아닌 의지의 문제였으므로. 대학교 캠퍼스 와 카페나 술집은 우리에게 감흥을 불러일으키지 못하 는 무관심의 대상이었고 부대 앞 어른 놀이는 문구 제품, 핫바와 문어발, 고로케면 만족스러웠다.

주말은 새로움이었다. 주중과 다르게 차려입은 우 리, 우리와 따로 또 함께 그곳을 오가는 남자들(꺄악~), 여자들이 새로웠고, 그 새로움은 어깨에 멘 가방, 손에

든 책 꾸러미, 굴곡지거나 컬러풀한 헤어, 굽 있는 신발로부터 웃다가 무표정하다가, 둘이거나 셋이거나 혹은 혼자거나, 다 남자거나 다 여자거나 섞여 있거나, 걸으면서 이야기하는 것, 손을 젓거나 팔짱을 끼거나 하는 당연한 것들로부터 뿜어져나왔다. 중학생에게만 열리면서 동시에 닫힌 학교와 다르게 아무에게나 열린 부대 앞은 젊은이의 여러 색깔과 소리가 버무려진 생생하고 다양한 런웨이, 자유와 재미가 보장되는 신세계였다.

여자중학교에 다니는 우리 넷은 고딩과 대딩의, 어쨌거나 우리보다 성숙해 보이는 젊은 남자에게(우리처럼 중학생 티를 벗으려 애쓴 중딩남은 제외. 그들도 그랬으리라 생각한다), 그리고 우리보다 세련되어 보이는 젊은 여자에게 눈을 굴리고 또 굴렸다. 대학생 언니 오빠들이 보기에 우리는 어른은 고사하고 대학생 근처에도 못 갈 만큼 어려 보였을 것이다. 고등학생은 대학생처럼, 중학생도 고등학생을 건너뛰고 대학생처럼 꾸미고 나왔으나, 모두 다 대학생으로 보여 감쪽같이 섞일 줄 알았던 우리 중고딩의 의지와는 다르게, 누가 봐도 중학생은 중학생, 고등학생은 고등학생으로 보여서, 교복은 벗었으나 어린 티는 감출 수 없었을 것이다. 어른이 되니 그 젊음에

붙인 착장의 어색함과 과함이 한눈에 다 보인다.

중학생 티를 벗으려 애쓴 패션이든 어린이 티를 겨우 벗은 탈국딩의 패션이든 그게 뭐 그리 중요하겠는가. 공부보다 놀기가, 성적보다 우정이 중요한 중학생에게는 말로 설명되는 이유보다 말로 설명되지 않는 의미가 더 가치 있었으니. 우정을 견고히 하는 또래의 만남에 이유를 묻고 따지는 건 의리에 스크래치를 내는 일로, 친구 셋과 부대 앞을 나란히 걷는 것 그 자체로 흡족했다.

고등학생이 되면서 어른 놀이의 영역은 넓어졌다. 가끔 부대 앞도 갔지만 엎드리면 코 닿을 데에 있는 부대보다는 조금 더 먼 서면과 남포동으로 진출했다. 세상 물가와 자식 성장을 감안한 용돈 인상으로 구매 품목도 업그레이드되었다. 팬시? 문구? 장난해?! 고등학생인데 옷을 사야지. 게다가 서면, 남포동까지 나와서 재미없게 왜 그래. 서로 그런 말은 뱉은 적 없으나 약속이나 한 듯한마음인 친구와 함께 말이다.

"아까 그 보라색이 더 예쁜 거 같지 않나?"

"이게 더 나은데. 보라색은 잘 안 입게 되잖아. 글고 그건 너무 비쌌다."

"니는 진짜 잘 샀다. 완전 날씬해 보인다."

"맞나?"

카페에 앉은 K와 나는 음료를 쪽쪽 빨아먹으며 구매품 품평회를 가졌다. 손에 쥔 금액에서 구매 가능한, 그러면서도 괜찮은 옷(=날씬해 보이는 옷)을 골랐다는 점에서 이날의 쇼핑은 성공적이었다. 버스에서 자주 마주치는 깔쌈한 남학생을 테이블 위로 불러다가 가상의 연애를 하고 이별을 하며 몇 시간을 우려먹었다. 중학생에서 고등학생이 되면서 구매품은 자잘한 문구용품에서 날씬해 보이는 원피스로 바뀌었고, 눈에만 담고 입에 담지 못했던 남자 이야기는 외모 훑기에서 섬세한 하이틴 로맨스별 연애 스토리로 적극 발전하여 넷보다 둘의 속닥속닥에 어울리는 형태로 찐하게 성장했다. 그렇지만 둘 중 누구 하나 다음주, 토요일, 서면, 남포동을 부킹하지 않았다. 활동의 영역은 넓어졌고 어른 흉내는 어렵지 않아졌으나 돌아서면 시험, 한 번의 시험도 망치면 안 되는 고등학생이었기 때문이다.

지하철이 데려다준 곳은 종이 치지 않아도 휴식할 수 있었고, 경청과 필기로 채워지는 침묵의 시간도 없었다. 고개를 돌리면 새로운 볼거리와 살거리가 눈을 유혹

하는, 돈도 없고 가오도 없는 어린이는 발을 들일 수 없는 어른의 세계였다. 지하철은 9와 4분의 3 플랫폼의 카트가 되어 벽 바깥과는 완전히 다른 호그와트, 신세계를 열어주었다. 지하철을 타고 중학생은 부대로, 고등학생은 부대보다 두세 배 먼 서면과 남포동으로 가 어른의 세계를 맛보았다. 지하철이 열어주는 신세계가 좋아서인지, 학교에 갇혀 있는 신세가 싫어서인지 모르겠지만, 어쨌거나 좋은 쪽으로 끌려갔다.

지하철을 탄다는 건 어른이 된다는 거다. 가까운 거리는 지하철을 타지 않으므로 지하철을 타려면 먼 거리를 다녀올 수 있는 정도의 성장이 필요하다. 버스를 혼자 탈 수 있어야 지하철을 탈 수 있는 자격이 주어진다. 걷던 초딩이 버스를 타는 중딩으로, 지하철을 타는 고딩으로, 이용하는 교통수단과 함께 나는 어른으로 진화했다. 일주일에 한 번 지하철을 타고 나와 어른 행세를 하다가 어느새 어른이 되었다. 매일 아침저녁으로 지하철을 타는 직장인이 된 것이다. 벽 바깥과는 완전히 다른 호그와트를 열어주던 9와 4분의 3 플랫폼의 카트는 이제 지옥 같은 신세계를 열어준다.

안드로메다행
열차

우리집 다른 자식들이 그러했듯 나도 대학을 입학하면
서 부산에서 서울로 올라왔다. 부모님의 '자식 서울 올
려 보내기'는 나를 마지막으로 끝이 났다. 언니들이 먼
저 올라와 자리잡은 곳은 강북의 어느 아파트. 나는 그곳
에 네번째로 합류하여 짐을 풀고 합숙을 시작했다. 막내
인 나와 나이 차이가 큰 1호, 첫째 언니는 내가 친구들과
부대 앞을 쏘다니기 시작할 때 이미 대학을 졸업하고 우
리가 그토록 흉내냈던 어른이 되어 직장을 다니고 있었
다. 2호, 3호는 나와 같은 대학생이었다. 병원을 다니는
1호의 출근 시간은 일렀고 1호가 현관문을 닫고 나설 때
까지 2호, 3호는 잠에서 깨지 않았다. 2호, 3호의 잠든 상
태를 관찰할 수 있었던 건 작은 소리에도 잠을 깨는 예민
함 때문만은 아니었다. 지각 않고 등교하려면 그때 일어

나야만 했기 때문이다.

고등학생 때 30~40분 걸리던 등굣길은 대학생이 되면서 1시간을 넘어섰다. 분단위에서 시간단위로 격상된 것이다. 할~렐루야~ 드디어 내게 서울 시대가 열렸다, 라고 하려니 이것은 서울 시대인지, 인천 시대인지…… 그러니까 나는 서울로 올라와서 인천으로 통학하는, 인천 소재 대학교의 신입생이 되어버렸다. 그것도 자그마치 서울 강북에서 인천으로, 서울에서 KTX를 타고 대전을 가는 기분으로, 대전보다 더 오래 걸리는 시간으로, 북의 북에서 서의 서로, 끝에서 끝으로…… 당시 지하철로만 1시간 35분이 걸리는 거리였다.

이쯤에서 궁금할 3호의 대학교 위치는 집과 같은 구역인 강북, 그것도 집에서 가까운 강북이라는 놀랍고도 신기한 이야기. 어쩜 언니 너는 그리 늘 가깝고 나는 이리 늘 먼 걸까. 중학교, 고등학교 자그마치 6년이다. 가깝게 학교를 다니는 3호를 부러워한 게. 그런데도 또다시 서울의 대학교에서 3호는 숏디, 나는 롱디, 이 세팅으로 7년 차에 접어든다니. 이건 뭐가 잘못되어도 한참 잘못된 것이다. 나라는 한 놈만 패는, 롱디 몰아주기 게임은 나의 넘치는 체력 때문에 생긴 일이었을까. 하늘은 감당할 만큼의 시련을 준다고 하더니 체력 좋은 나는 멀리 저 멀리로, 체력 약한 3호는 가까이 더 가까이로 미리 자리를 정해놓은 것일까. 공모도 음모도 누군가 짜고 치는 고스톱도 아니겠지만 한집의 한 살 차이 자매에게 벌어진 7년째 같은 패턴, 그러니까 나만 억울해서 나만 의식하는 이 일이 반복되니 내게 롱디의 저주라도 붙은 건 아닌지 어쩐지 좀 무서운 기분마저 들었다.

겨울의 찬 기운이 가시기 전, 봄날을 빙자한 어느 날이었다. 대학교 첫 등교일이니만큼 새벽에 일찍 일어나 준비를 마치고 늦지 않게 지하철역으로 향했다. 대학 신입생이자 서울 신입생으로 설렘도 두 배로 가득했다. 기차역이기도 하면서 지하철역인 청량리역과 서울역을 지나 지상으로 나온 지하철은 역시 비슷한 용산역을 지났다. 참으로 이상했다. 이 많은 사람들은 어디로부터 와서 어디로 가는 것인지, 다들 서울 사람인지, 무엇보다 내리는 사람은 많은데 지하철 안은 왜 이토록 빡빡한 것인지. 어디에서 올라탔건 어디까지 타고 가건 간에 원래 그냥 사람 많은 여기가 서울이라는 곳인가보다, 빈틈없이 채워가는 게 서울의 지하철인가보다 받아들였다. 부산 지하철은 안 이랬는데…… 서울 지하철의 복잡함에 부산 지하철이 그리웠다.

꽤 달린 것 같은데 아직도 학교까지 더 꽤 달려야 할 거 같은, 꽤 앉아 있었던 듯한데 아직도 학교까지 더 꽤 앉아 가야 할 거 같은, 꼬리뼈에 통증을 느낄 때쯤, 지하철에도 빈틈이 생겼다. 내릴 사람은 이미 내린 듯했고 이전보다 적은 사람들이 지하철로 들어왔다. 앞에 선 사람이 하나둘 사라지자 눈도 고개도 조금은 편히 돌릴 수 있을 만큼의 여유가 생겼다. 나도 모를 안도의 한숨을 고르는 사이, 눈길을 끄는 인물이 탑승했다. 한 사람인데 그 소리는 한 무리가 내는 듯 빈틈없이 쨍쨍했다. 사람이 좀 빠지니까 소리로 꽉꽉 채우다니, 서울의 지하철이란 복잡을 지향하고 빈틈을 지양하는 것만 같았다. 구루마에 쌓은 물건 중 하나를 집어올린 중년 남자는 막힘없이 설명을 이어갔다. 왜 좋은지, 누구에게 좋은지, 얼마나 저렴한지, 갖고 가면 얼마나 이득인지, 놓치면 후회한다고, 입에 침이 마를까봐 자주 혀를 놀리며 가공할 만한 육성으로. 제품의 특장점을 강약과 완급을 조절하며 귀에 쏙쏙 들리는 목소리로 읊어대니 신입 딱지는 저 옛날에 떼어버린 베테랑 프레젠터가 따로 없었다. 그러니까 프레젠테이션을 잘하고 싶으면 지하철 잡상인을 참고해도 좋겠다. 어쨌거나 죄송하지만 내 진짜 속내는 그 입 좀 다물고 다음 칸으로 옮겨가주십사 했다. 잠에서 깬 지 얼마나 되었다고 뭘 먹는 게 이상해서 아침도 거르는데, 공복空腹 공두空頭의 상태에 부어지는 소음은 눈뜨자마자 입에 넣어진 모닝 삼겹살 같았으니까.

2호, 3호는 일어났을까, 늦게까지 자니까 좋겠다, 학교 가까운 2호, 3호가 부럽다, 이래서 지하철을 콩나물 시루라고 했구나, 그래도 오늘은 학교 가는 첫날이니까 기분 좋게……는 무슨. 기차 화통을 삶아 먹은 것 같은 목청으로 지하철을 다 뒤집어놓은 아저씨 덕에 첫 등교의 기분은 뭉쳐지지 못하고 흩어져버렸다. 지상으로 올라온 지하철(전철이라고 해야 맞겠지만 하여튼 지하철 노선도에 함께 나오므로 그냥 다 지하철로 부르기로 한다)은 다시는 지하로 내려가지 않고 덜컹덜컹(사실 이 덜컹덜컹이 더 정신 사나웠다) 기차 포스를 풍기며 달리고 또 달렸다. 목적지만큼 달리는 것 자체에 주력하는 은하철도 999처럼.

학생이 학교를 가야 하니 지하철을 탔지만 타자마자 내리고 싶었다. 마음만 그랬지 내린다고 무슨 수가 있는 것도 아니었다. 모든 역이 난생처음이라 요리조리 고개 돌려 창밖을 보아도 여기가 어디인지 알 수 없었고, 한

달 전만 해도 부산에서 고등학생으로 살던 내게 지하철에서 보는 환한 지상은 어두운 지하보다 훨씬 더 불안했다. 대충 먼 것도 알고 그만큼 오래 걸리는 것도 알고 있었고 노선도에도 떡하니 도착지가 표시되어 있었지만, 그럼에도 실제로 그 역에 내가 제대로 내릴 수 있을까, 지나치진 않을까 초조했다. 〈안녕하세요 서울입니다〉〈안녕히 가세요, 어서오세요 인천입니다〉 고속도로의 표지판처럼 경계의 시작과 끝을 알려주었으면 어린 지방 사람이 그렇게까지 불안 초조하지 않았을 텐데.

불안하고 초초한 중에 또다른 잡상인이 핏대를 세우며 등장했다. 잡상인은 열변을 토했고 나는 혼이 쏙 빠졌다. 그렇게 두번째 잡상인이 지나가고 정신을 차릴 즈음 저쪽 바닥에서 무언가가 접근해오고 있었다. 소쿠리 한 번에 스윽 몸 한 번, 소쿠리와 몸을 세트로 밀고 끌면서 이쪽으로 가까워졌다. 손을 발 삼아 한참을 기어온 사람의 하체는 검정색 큰 고무판이 감싸고 있었다. 그가 승객들의 무릎 위에 내려놓은 종이에는 거동이 불편해진 이유와 생활고, 작은 도움이라도 부탁한다는 내용이 적혀 있었다. 불편한 몸에 이어 종이의 내용까지 보니 안쓰럽고 슬프면서도 부산 지하철에서는 본 적 없는 상황이라

어리둥절하기도 했다. 좌우로 눈을 굴려 서울 사람들의 동태를 살폈다. 종이를 보고는 가방에 손을 가져가는 남다른 행동이 있어 반사적으로 쳐다보았더니 가방을 평평하게 만들어 종이를 올려놓고는 눈을 감았다. 대부분의 승객이 종이를 무릎에 두고 눈을 감았다. 몇몇은 눈을 감는 대신 손으로 종이를 되돌려주었다. 도와달라고 했으니 도울까, 아무도 돕지 않으니 나라도 도울까 하다가 어떤 상황이 생길지 염려되어, 죄송하지만 그분이 좀 무섭기도 해서, 용기를 내지 못하고 포기했다. 그렇게 다른 사람들처럼 눈을 감으려다가 그러기엔 왠지 또 예의가 없는 것 같아서 타이밍을 기다렸다가 직접 종이를 건넸다. 나눠준 종이를 다 수거하고 스르륵 소득 없는 소쿠리를 밀면서 검정색 고무판은 멀어져갔다. 마음이 좋지 않았다. 흔쾌히 용기 내지 못하고 서울 사람들이 하는 대로 따라 한 것이 못내 마음에 걸렸다. 누군가의 몸이 불편한 걸 보니 내 마음이 불편한데도 남들 따라 하느라 내 마음대로 못한 것에 묘한 기분이 들었다. 처음 보는 광경의 처음 느낀 감정에 이방인의 기분까지 더해져 마음이 쭈뼛댔다. 그러다 훅 들어온 뽕짝의 리듬에 쭈뼛도 사라졌다. 이번에는 트로트 테이프를 파는 잡상인이었다. 어느 하나의 감정도 잠시 물고 있을 수 없게 정신없이 몰아치는 서울의 지하철에서 첫 등교의 설렘은 사치였다.

　그날 서울의 지하철은 나를 학교 근처 역으로 잘 데려다주었다. 지상, 지하, 다시 지상으로 무대를 옮기며 서울 사람과 내가 100분의 랠리를 치른 속사정은 모르는 척하고 말이다. 강북에서 인천으로, 지하철 1호선의 끝에서 끝으로 서울을 관통한 소감은 더할 나위 없이 정신없음, 이를 데 없이 피곤함이었다. 앞으로 이걸 매일? 어떻게? 어떻게 해……도 있었다.

　혼을 쏙 빼놓은 첫 지하철 장거리 레이스, 그 혼돈에는 분명 나와 비슷한 철이와 메텔이 그들의 종착역인 안드로메다로 가기 위해 함께 타고 있을 것이라고, 아무나 끌어와 급한 대로 위안했다.

　나는 알게 되었다. 서울의 긴 지하철 노선에서 중요한 건 승차역보다 하차역이라는 것을. 부산의 지하철은 놀기 위해 내렸다면 서울의 지하철은 살기 위해 내려야 한다는 것을. 사람은 태어나면 서울로 보내라는 옛말에 덧붙여 서울로 보내진 사람은 서울의 지하철을 타고 목적지가 어디이든 안드로메다를 피할 수 없다는 것을 말이다.

지하철
삼합

지하철 인생도 곧 서른이다. 부산 지하철까지 더하면 조금 더 긴 시간이겠지만 매일같이 이용한 것은 아니니까 서울에서의 시간만 친 것인데, 빼나 더하나 어림잡아 30년 가까이 지하철을 타고 다녔으니 어쨌거나 꽤 오랜 시간이다. 어렸을 때엔 나이 들면 자가용을 타는 게 당연한 줄 알았다. 중고등학생 때, 주중에는 대부분 걷거나 버스를 탔고, 주말에는 부모님이 모는 우리집 차를 탔으니 어른이 모는 차, 자가용은 바른 답 같았다. 내가 직장인이 되어 지하철로 출근해 회사 정문으로 들어갈 때, 직급 높은 어르신들은 역시 자기 차에서 내려 주차장에서 올라왔다. 아무튼 학생 딱지는 뗐지만 사회에서는 여전히 어린 초년생에게도 어른-자가용의 짝짓기는 공식처럼 유효했다. 암짝에 쓸모없는 근의 공식보다 더.

공식은 대개 이렇게 완성되었다. 학교를 졸업하고 회사에 입사하여 몇 년 차 직장인이 될 무렵 내 집 마련 전, 내 차를 구매하여 자가용으로 출퇴근하기. 이 모양새가 보편적이라면 보편적이었는데 나는 보편적이지 못한 부류였다. 흙수저는 아니나 금수저도 아니었으므로 대학생 신분으로 차를 몰고 다녔던 것은 아니고, 직장에서 나를 중심으로 위보다 아래로 직원 수가 더 많아진 지금까지도 지하철 이용이 진행형이기 때문이다. 엄밀히 말하자면 대학 시절 몇 년 동안, 자가용을 타고 등교한 적이 있긴 했다. 나와는 다른 부류의 반보편성이었던 강남 오빠, 남자친구는 부유한 집안 덕에 대학생 때부터 차를 끌고 다녔고, 복학생이었으나 삶 전체로 보면 여전히 핏덩이에 가까운 20대 청년의 주체할 수 없는 애정 덕에 나는 편히 학교를 다녔다. 당시 우리집은 그의 운전 코스로 보면 학교에 다다른 1/3 되는 지점에서 빠져나와 반대 방향으로 달려야 하는 곳에 위치했는데 그는 그 반대 방향 코스를 당연히 여기고 기꺼이 나를 태워갔다. 한 2년 그랬던 것 같다. 쓰는 김에 고마움을 전한다. (피 끓는 청춘의 들끓는 사랑에 힘입어 지하철을 타지 않은 구간이 있었으나 내리 2년을 그랬던 건 아니다. 애정 전선에 이상은 없었으나 알코올 전선에는 더 이상이 없었으므로.)

　지하철 30년. 보는 것도 느끼는 것도 세월만큼 다양했다. 그 다양함이라는 게 사실 똑같은 것이 없다는 말이지 비슷한 것들 일색일 텐데, 똑같지 않으나 비슷한 모습임에도 불구하고 30년 동안 갈구한 것이 있다. 한결같은 갈구의 정체는 부러움. 부러움의 대상은 하나가 아니었으나, 하나같이 부러움을 일으켰다.

　지하철을 타고 다닌다면 한 번쯤은 보게 된다. 푹 자고 일어나 잠깐 어디인지 확인하고 당황한 기색 없이 자연스레 역에 내리는 사람들. 자다가 움찔할지언정, 내릴 즈음에는 놀라는 기색 없이 도착역 즈음에서 그저 스르르 눈을 떠, 머쓱함 한번 추스르고 툭 내리면 끝. 푹, 스르르, 잠깐, 툭으로 마무리되는 고도의 숙면자들. 나는 그들의 숙면을 오랫동안 부러워해왔다. 바닥을 향해 고개를 떨어뜨린 자는 뒷목이 아플 것이고, 입 벌리고 고개를 뒤로 젖힌 자는 목이 마르거나 웃음거리가 될 것이며, 좌나 우로 쓰러지는 자는 옆 승객에게 막 취급을 받거나 좌로 치우치면 급우로, 우로 치우치면 급좌로 계속해서 자립해야 할 것이나(이쯤 되면 옆자리 승객도 제게 기대는

게 싫어 밀어내기보다 바로 세워주며 짠한 자립을 돕는다),
이 모든 기울기는 숙면을 뜻하는 것이므로 밀기는커녕
훔칠 수 있다면 그러고 싶을 정도로 탐이 났다. 서른 개
가 넘는 역을 통과해야 하는 장거리 지하철 여행자인 나
는 그 좋은 여건에도 불구하고 숙면에 들기 어려웠다. 사
는 동안 머리만 붙이면 아무데서나 잘 자는 사람이 되어
본 적 없는 내게 지하철에서의 숙면이란 그저 불가능에
가까운 일이었다. 허나, 술이 들어간다, 쭉쭉쭉 노래를
부르며 원샷을 때리던 찐 대학 시절이 시작되자 불가능,
그것은 아무것도 아니었다.

일취월장

여중, 여고를 졸업한 나는 고등학교 2학년 수학여행
에서 처음으로 술을 마셔보았다. 그날의 술은 맥주였는
데 그 맛이 시원하긴 하나 씁쓸한 것이 희한했다. 그저 이
것이 어른의 맛이구나 생각했다. 이걸 왜 마시는지 의문
이 들지는 않았으니 술에 대한 거부감 역시 없었던 것이
다. 첫 술에 대한 거부감 없는 자세는 앞으로 크게 자랄,
될성부른 술 꿈나무의 떡잎 미리보기였는지도 모른다.

고등학교 때까지 용인되지 않던 술을 대학생이 되자

마음껏 마실 수 있었다. 이미 술맛을 알아서가 아니라 이제 합법적인 자격이 되었다는 데에서 오는 마음 편안함이 '마음껏'의 정체였다. 그러니까 법 없이도 마실 데와 안 마실 데를 가릴 줄 아는, 법을 잘 지키는 건강한 청년들이 지성의 산실, 대학교에 모여든 것이다. 대학 1년 차에는 전공보다 술을 배웠던 것 같다. 1장, 2장, 흐름도 맥락도 없고, 교수도 실습도 없는 술은 가이드 하나 없이도 잘만 배웠고 배울수록 깊이 빠져들어갔다. 배울 맛이 났다고 할까. 학교 강의가 페이지를 넘겨가며 배우는 전공과 교양 수업이라면 술은 잔을 비워가며 채우는 전공이자 교양이었다. '스걱스걱' 펜이 종이 위를 지나는 소리 대신 '꼴깍꼴깍' 알코올이 목으로 넘어가는, 사운드가 활자를 대신하는 현장학습이었다. 실제로 술을 가르치겠다고 나서는 선배들도 종종 있었다고 하던데 나를 포함한 우리는 우리끼리 잘만 배워갔다. 지성인답게. 덜 독하게 원샷 마시는 법, 소주 도수를 빨리 낮추는 법처럼 자잘하기 이를 데 없는 것들뿐이었지만 술자리에서 당장 써먹을 수 있는 유용한 팁이었고, 스스로를 테스터로 자처하며 그날 체험하고 그날 습득하는 체험형 자율학습을 건강하게 이어갔다. 술의 역사나 종류, 계보와 같은 고급 지식은 끼려야 낄 수 있는 자리가 아니었다.

　소주 2병에도 얼굴색 하나 안 변하는 나, 2잔에도 용암처럼 끓어오르는 핏빛 얼굴을 한 아이, 얼굴은 멀쩡한데 혀가 꼬이는 아이, 혀와 몸이 같이 꼬이는 아이(왜?), 술자리를 생중계하는 큰 목청을 가진 아이, 마실수록 유머가 빵빵 터지는 아이, 별로 마시지도 않았는데 이때다 싶어 춤을 뽐내는 아이(아니, 왜?) 등 별의별 아이들이 매일같이 술판을 벌였다. 우리는 주 5일, 술계도 들었다. 같은 과에 같은 수업을 듣고 같이 점심을 먹으면서, 수업도 같이 마치고 술집에도 같이 걸어갈 거면서 굳이 계를 들었다. 술계라고 무시할 게 못 되는 것이 우리 나름대로 총무도 있었고 무엇보다 그 끈끈한 결속력은 어디 내놓아도 뒤지지 않을 정도였다. 피 같은 돈으로 술을 마셨으니 피로 맺은 결연과 다를 게 없었다. 보통은 여섯에서 여덟, 적으면 넷, 많으면 열둘까지 한자리에 모였다. 우리는 싸고 맛있는, 가성비 좋은 소주집을 찾아냈고, 그 집의 뒷마당 벤치 자리를 택했다. 일주일을 내리 출석하자 그 자리는 우리의 지정석이 되었다. 수업을 마치면 해가 떨어지기도 전에 술판을 벌였고 어제 시킨 삼치구이와 오뎅탕, 소주를 오늘 또 시켜 먹고 마셨다. 먹어도 먹어도 물리지 않았던 건 삼치와 소주의 맛보다 어른의 맛에 더해진 해방의 맛이 아니었을까.

우리는 숨쉬듯 당연하게 술을 마셨다. 술을 잘 못 마시는 걸 부끄러워했고 잘 마시는데도 얼굴이 빨개지면 그걸 또 창피해했다. 술은 그냥 말술, 밑 빠진 독에 술 붓기 정도는 되어야 술 좀 마신다, 했다. 젊은 객기에 마셨거니 했는데 지금 생각해보니 어느 순간부터 집단 알코올중독이 아니었나 싶다. 진짜 술 마시러 학교 가는 것 같았으니까. 술을 마시는 것이 등교나 노는 것과 동일어가 되고 나니, 신기한 일이 벌어졌다. 학교 가는 게 진심으로 즐거워진 것이다. 미친 거다. 좋아하는 자는 즐기는 자보다 못하고, 즐기는 자는 미친 자보다 못하다고, 나는 무적의 술꾼이 되어갔다. 그야말로 일취월장, 일요일에 취하고 월요일에 장난 없는 경지 혹은 지경에 이르렀다. 술을 마시지 않은 날이 거의 없다시피 했다. 친구 기분 풀어주려고 마시고, 시험기간 오기 전에 마시고, 시험 마치면 마시고, 스페셜한 날이라 마시고, 아무 일이 없어도 마셨다. 좌우지간 오장육부에 술 마를 날이 없었다. 갓 스물의 생간은 크게 놀라지 않고 묵묵히 제 기능을 다하며 강해졌다. 매일 지옥 훈련을 감내하면서도 더욱 단단해지다니, 인체는 참으로 경이롭다. 오장육부, 사지육신 모두 멀쩡한 가운데 사정없이 무너진 것이 있는데 바로 잠이었다. 인체는 정말 잘 만들어졌다.

막차

술에 미친 경지에 이르자 잠이 미친듯이 쏟아졌다. 잠자리에 들 시간에 술자리에 있었으니 당연했다. 적당히 마시고 여유롭게 귀가하면 술로 잠이 부족할 일은 없었을지도 모른다. 하지만 이것은 어디까지나 추측이며, 타임슬립하지 않는 이상, 죽을 때까지 모를 일이다. 언제나 많이 마시고 급히 귀가했으니까. 나의 귀가 시간과 수면 시간은 술이 꽉 잡고 있었다.

"자, 막잔."

"한 병 더?"

"오늘은 막차 좀 피하자."

"진짜 막잔이다."

"야, 10분 남았어!"

어떻게 마셔도 막차를 탔다. 막차를 타지 말자고 다짐해도 거의 모든 날이 막차, 모든 순간이 뛰어서였다. (매일 타는) 막차 시간은 알고 있었고, 술집에서 막차를 타기까지의 10분도 알고 있었으니, 술을 마실 수 있을 때까지 마셨던 것이다. 여유 있게 준비하면 좋다는 걸 알지만 늘 빠듯하게 준비하는 벼락치기 시험공부처럼, 안 좋은 걸 알면서도 끝의 끝까지 몰리고서야 달렸다. 그것도 죽을힘을 다해. 계산을 마치면 가방을 단단히 잡고 미친듯이 뛰었다. 정말 미치지 않은 순간이 없었구나.

전력질주로 플랫폼에 도착하면 지하철이 입을 헤~ 벌리고 우리를 기다리고 있었다. 가끔, 그 입이 빨리 닫힐 때에는 어디선가 누군가의 발이 끼임을 자처하여 남은 러너들을 극적으로 구조해냈다. 영웅은 생각보다 가까이에 있었다. 귀에서 들리는 맥박 소리에 터질 것 같은 심장을 부여잡고 가쁜 숨을 내쉬면 코와 가슴이 벌렁거렸다. 나와 별의별 아이들 외에도 많은 자들이 코와 가슴을 벌렁거리고 있었다. 벽에 기대어, 바닥에 쓰러져, 의자에 드러누워, 숨을 가다듬으며 서로의 생사를 확인했다. 모두가 영웅이었다.

무리 중 대부분은 잠들었다. 10년 정도 젊어 보이는 것 빼고는, 술에 쩐 아저씨의 볼품없는 꼬꾸라짐과 술냄새에서 1도 다를 게 없는 모습을 하고서. 우리 중 대부분은 강북에 살았다. 한 명씩 내리면서 곧 내릴 친구를 깨

위주었는데, 이번 역에 내릴 친구들은 내가 다 깨웠다. 나보다 먼저 내리면서 졸지 않은 친구 하나는 내릴 때 깨워주겠다고 나 보고 좀 자라고 했지만 잠들 수가 없었다. 여러 번의 권유에 알겠다 하고 눈을 감았지만 잠든 적은 한 번도 없다. 내가 내릴 역은 석계역으로 우리 중 가장 멀었고 자칫 지나치면 의정부까지 가게 될지도 몰랐다. 중간에 잘못 내리는 것과 의정부에서 내리는 건 차원이 다른 이야기다. 마구 마시고 마구 뛰어 막차를 타면 살았다는 안도와 함께 밀려드는 잠에 몸을 맡기는 친구들과 나는 같을 수 없었다. 숙면은 내일의 지하철로 넘겨야 했다.

숙면

오늘은 그토록 바라던 어제의 내일. 숙면으로 가는 여정이 시작되었다. 필사적으로 자리를 꿰차고 잔다, 잠이 든다. 어젯밤 막차에서 못 잔 만큼, 오늘 아침 일찍 일어난 만큼, 푹 우려서 푹 잔다. 뒷목이 아프고, 목이 마르고, 좌우로 쓰러지며 옆 사람의 팔뚝 경고를 받는다. 마침내 그토록 바라던 숙면을 쟁취했다. 감회가 남달랐다.

서른 개가 넘는 역을 통과해야 하는 장거리 지하철 여행자인 저의 여건을 누군가는 힘들겠다고 했습니다. 이 숙면을 거머쥐게 한 30여 개의 역들에 감사를 표합니다. 그 역들이 있었기에 저의 숙면은 더 길게 이어질 수 있었습니다. 무엇보다 이 모든 숙면을 가능하게 한 것은 막잔과 막차의 팽팽한 줄다리기였습니다. 술과 막차가 아니었다면 나의 숙면은 이 세상에 없었을지도 모릅니다. 막잔과 막차 사이, 숨 막히는 전력 질주와 보이지 않는 '발 영웅' 덕분이기도 합니다. 언젠가 나의 발 끼임으로 그 영웅적 발놀림에 화답할 수 있기를 바랍니다. 끝으로 오늘내일 할 거 없이 묵묵히 말술을 받아내는 올웨이즈 오케이, 나의 생간에 이 영광을 돌립니다.

지하철 숙면대상을 수상한다면 이런 소감을 준비했으리라. 소감의 내용처럼 나의 〈푹, 스르르, 잠깐, 툭〉의 스킬은 나날이 매끄러워져갔다. 나는 고도의 숙면자들과 함께 〈푹, 스르르, 잠깐〉에 연대하며 조용하고 평화로운 등굣길을 매일같이 지켰다. 그리고 〈툭〉, 동지들과 가뿐하게 지하철에서 내렸다. 가끔 기지개도 함께 켜면서.

술-막차-숙면, 삼합의 비밀

내가 나이 먹고도 운전을 안 했던 이유는 단순하다. 술 마시고 운전하면 안 되니까, 나는 오늘 운전을 할 수가 없다. 숙취가 있는 상태로 운전하면 안 되니까, 나는 내일도 운전을 할 수 없다. 오늘내일만 마시고 말 게 술인가? 그러니까 나는 매일 운전을 할 수 없다는 말이다. 술 마시고 막차 타고 숙면하고. 숙면하고 술 마시고 막차 타고. 술은 막차를 부르고 막차는 숙면을 부르고. 숙면은 또 술을 부르고…… 이토록 유기적인 흐름이 또 어디 있단 말인가. 술-막차-숙면은 근의 공식보다 어른-자가용 짝짓기보다 더 유효했다. 쓰고 짜고 달달했던 술-막차-숙면, 맛깔나는 이 조합을 나는 지하철 삼합이라 이름 붙여주었다.

삼합의 끝

푹, 스르르, 잠깐, 툭. 숙면 스킬과 한몸이 되었을 즈음 이사를 했다. 인천과 가까운 부천이라 학교까지 정차역은 서른 개에서 열 개 미만으로 대폭 줄었다. 별의별 아이들 중, 학교에서 가장 멀리 살던 내가 가장 가깝게 사는 인물로 등극했다. 꿀잠 100분은 없어졌다. 내릴 역을 지나칠까봐 불안해서 못 자는 일도 사라졌다. 100분의 시간을 참아낸 꼬리뼈도 마침내 배기지 않는 날을 맞이했다. 기뻤다. 만년 롱디퍼슨 내게도 숏디 시대가 열렸다는 사실이 좋았다. 지하철 숙면대상에 버금가는 기쁨이었다. 서울 생활도 얼마 하지 않았는데 인천 소재의 학교 배정에, 난생처음 듣는 부천에, 우리 자매끼리 큰 아파트 새집살이라 낯선 것들투성이였다. 그런데도 즐거웠다. 이 새집으로 인해 롱디가 디폴트이던 내게 숏디의 서막이, 숏디가 디폴트였던 언니에게 롱디의 서막이 올랐다. 중고등학교 6년을 내리 멀리 저 멀리 다니던 내가, 대학교 역시 비가 오나 눈이 오나 잠든 3호를 뒤로 하고 먼저 집을 나서던 4호 내가, 드디어 숏디 타이틀을 거머쥔 것이다. 뭉클했다. 3호는 적이 아니었으나 새집은 내 편이 맞았다. 새집이 내 마음 같은 반격을 해주자 내게서 사라진 숙면은 3호에게로 옮겨갔다. 그렇게 삼합 시대는 막을 내렸다. 숙면이 빠지고 남은 이합, 술과 막차는 이후로도 꽤 오랫동안 나를 위로했다.

동족상생의 밤

술에 대해 쓰니 술이 들어간 것처럼 술술술 막힘이 없다. 취중진담이라고 술기운에, 술김에 그제야 할말을 하는 인류들이 있다던데 스스로 그 부류가 아닌 건 알고 있었으나, 술 없이도 술 글이 흘러나오는 걸 보아하니, 나는 꽤나 술을 좋아하는 부류임을 다시 한번 제대로 알겠다. 술꾼에게는 늘 막잔이 아쉬운 법이고, 음주가 섞인 에피소드는 늘 안타까운 법이다. 그래서 지금부터의 이야기는 안타까울 것이다.

막잔을 털고 막차에 올라탄 대학생은 대부분 1학년생이었다. 퇴근 이후의 삶을 부어라 마셔라의 술자리 대신 자기계발에 집중하는 워라밸이 사회 전체의 분위기가 된 요즘은 어떤지 모르겠지만 적어도 내가 대학교 1학년생일 때는 그랬다. 수업을 마치고 내려오는 캠퍼스의 잔디에는 새우깡을 (받아먹는 갈매기 대신) 소주에 곁들여 먹는 학생들이 제법 있었다. 나는 내심 당황했으나 겉으로는 대수롭지 않은 듯 그 광경을 바라보곤 했다. 돗자리나 신문 하나 깔지 않고 잔디에 누워 책을 읽거나 상의를 탈의하고 등을 구워대던 영국 남부도시의 남녀를 부럽거나 신기하게 바라보는 촌스러운 눈짓 따위는 하지 않았던 것처럼. 웃통 벗고 해변가를 달리던 몸 좋은 서양인 친구가 저쪽에서부터 달려와 내 옆을 지나가도 눈빛 하나 흐트러짐 없이 그러려니 했던 것처럼. 아무튼 프랑스 화가 모네의 명작 〈풀밭 위의 점심식사〉에 버금가는 한국 대학생의 상시작 〈잔디 위의 점심음주〉가 있었다.

성인식은 치렀지만 세상 물정 모르는, 풀어놓은 망아지같이 그저 푸르기만 한 청춘들. 수업을 마치면 도서관도 가지만, 갈 수도 있지만, 방과후 갈 수 있는 곳이 도서관만은 아니었기에 학생 가방을 메고 술집을 들어가는 그 모습은 뭐랄까, 학구적인 음주가 시작될 것 같은 분위기가 흘렀다고나 할까. 새로운 고등교육의 산실에서 만난 동기가 좋고, 선배가 좋고, 동아리가 좋고. 새로운 사람들을 알아가기에 좋은 건 음료만한 게 없다고, 커피 아니면 술 둘 중 하나가 등판해야 그럼직할 터인데, 앞서 말한 자격과 권리를 누리기에 이왕이면 술이 더욱 적절한 것이야 더 말해 무엇하겠는가. 그리하여 새로운 사람을 알아가는 만큼 술자리도 늘어갔다. 새로 알게 된 사람의 술 한잔('한 잔'이 아니다) 요청은 거절하는 게 예의는 아니라서, 또 술 마시다가 친해지는 경우도 많아서, 거절 없이, 만사 오케이하는 것을 대학 신입생은 당연하게 받아들였다.

귀가 시간이 늦어만지던 대학생의 클라쓰는 학원으로 늦는 게 아니라서 확실히 어른 같은 기분이 들었다. 엄마의 전화를 받는 순간 바로 어린이가 되는 기분도 있었지만. 밤 10시가 넘어가면 집에서 전화가 하나둘 오기 시작했는데 그런 전화도 남녀를 구분했다.

"학교. 친구들이랑. 이제 갈 거야~ 아니야~"

여자애들의 답만 들어봐도 수화기 너머에서 어디냐, 안 들어오고 뭐하느냐, 언제 들어오느냐를 묻고 있는 게 뻔했다. 나도 같은 패턴의 대답을 날이면 날마다 했다. 남자애들은 이런 답을 거의 하지 않았는데 집에서 찾는 전화가 아예 오지 않았다. 그야말로 내놓은 자식들이었다.

나와 친구들은 적으면 넷, 많으면 열이 넘기도 했지만 어떻게 모여도 남녀가 섞였다. 그래서인지 술을 마시고 밤이 깊어도 딱히 무섭다는 생각을 해본 적이 없었다. 그냥 재미있었고 든든했다. 여자 멤버들의 덩치에 남자애들이 더 든든해했을지도 모를 일이지만 남자애들은 처맞을까봐 솔직한 마음을 입 밖으로 내지 않았던 것 같다. 음주 자체를 나쁘게 보면 할말이 없지만 우리는 정말이지 술을 마실 줄 아는 어린이처럼 먹고 놀았다. 독한 술을 착하게 마셨고 유치하게 말장난을 쳤고 쉴새없이 키득댔다. 술 먹으니 얼굴색은 생긴 대로 다양하게 변했지만 구토와 주사가 전혀 없었던 터라 진정 건강하게 음주하는 모임이라고 할 수 있었다. 목소리가 커지고, 말수가 많아지고, 혀와 몸이 꼬부라지고, 춤을 추는 건 우리의 울타리를 크게 넘어선 적이 없었고, 과하다 싶으면 서로의 핀잔에 또 금방 사그라들었으므로 주위의 눈살을 찌푸리게 할 정도의 것은 아니었다. 어쩌면 그래서 매일 술자리가 가능했는지도 모른다.

 # 꽃무늬 원피스 만세걸에게 차렷을
순박하고 건강하게 술 마시는 우리 무리처럼, 다른

사람들도 그런 줄 알았다. 순박하고 건강한 정신에 깃든 딱 고만한 착각이었다. 대부분이 위태롭고 불안했다. 우리처럼 술을 마실 줄 아는 어린이 같은, 음주 후에는 더 어린이 같은 모습을 하는 술꾼들은 매우 귀했다. 이 사실을 아는 데까지 긴 시간은 필요치 않았고, 그것을 인지한 것은 역시나 지하철 막차 안에서였다. 그날의 막차에는 평소와 다름없이 나와 친구들, 영웅들이 타고 있었다. 막잔을 털고 죽을 것같이 뛰어와, 살아서 잠을 맞이할 즈음이었다. 거의 모두는 스르르 없이 순간의 최면처럼 숙면에 빠졌고, 숨쉴 때마다 새어나오는 소주냄새를 빼고는 술을 마신 것 같지도 않은 나만 말똥말똥하게 남겨져 있었다. 외톨이가 된 것 같은 기분으로 두리번거릴 때였다. 지하철 문밖에서 안으로 위태로움이라는 것이 끌려들어오고 있었다. 잠든 친구들은 뒤로 빠지고 나만 앞으로 밀려나와, 위태로운 씬과 가까워졌다. 그 장면을 생생하게 기억한다. 생생함은 불편한 입체감 같은 것이었다.

　여대생 1년 차는 플라워프린트 원피스를 입기 제격이다. 샤방하면서도 청초하고 여리여리하게 차려입은 원피스는 남심도 흔들 만큼 충분히 여자~여자~한다. 금요일에 플라워프린트 미니원피스를 골랐다면 그녀는 딱 두 타입 중 하나여야 한다. 말술이거나 술알못이거나. 안 그러면 세상 못 볼 꼴을 보이게 된다. 그러니까 왜 예쁘게 입고 나와 만취해서는 남자애들 손에 질질 끌려 막차를 등으로 오르냐고. 그녀는 그러니까, 정신이란 게 아예 없었다. 인질이나 포로라고 해야 맞을까. 그것도 처참한 고문 후 숨만 겨우 붙어 옮겨지는 인질이나 포로. 눈은 감겼고, 입은 열렸고, 머리는 산발에, 두 팔은 만세. 양팔을 남자 둘이 잡아끌어 지하철에 태웠는데, 그들도 이미 만취. 예쁘게 차려입은 플라워프린트 원피스는 만세 하는 바람에 속옷을 다 드러냈다. 아, 이 꼴이 웬 꼴…… 생을 마감한 건 그녀의 정신이요, 아침부터 몇 번씩 거울을 보며 앞태 뒤태 확인한 끝에 만족으로 선택했을 오늘의 픽, 원피스였다. 샤방샤방, 여리여리, 여자여자도 다 죽었다. 불행 중 다행인 건 막잔 후 막차에 오른 러너이자 영웅들 십중팔구가 이미 숙면에 완벽히 빠져든 상태였다는 것이다. 남들 다 잘 때 잠 하나 못 드는 나는 그녀의 원피스를 채운 꽃과 그 아래의 속옷을 볼 수밖에 없었다. 다행 중 불행이었다. 아, 이 못 볼 꼴…… 내가 진정으로 안타까웠던 건, 그녀가 고르고 고른 오늘의 원피스는 양팔 끌기의 남자 둘 중 하나를 위한 것은 아니었을까 하는, 여자의 만취와 남자의 만취는 정도가 달라서 남자는 여자의 몰골을 기억하지는 않을까 하는, 애정이든 우정이든 지금 당장 그 꼴 하나 추슬러줄 말짱한 정신이 하나도 없다는 것에 대한 생각이었다. 보지 않았다면 안 해도 될 생각들을 플라워프린트 원피스 만세걸이 잔뜩 제공해주었다. 그녀는 내게 보이는 것과 보이지 않아도 될 것까지 죄다 보여줘가며 그렇게 지하철 바닥에 늘어져 있었다. 방치라고 하기에는 남자 둘도 살아야 했으니 그들을 원망할 수는 없었다. 여자라고 해도 술에 늘어진 사람을 역시 술에 취한 남자 둘이 끌기에는 만만치 않았을 것이다. 남자 둘이 죽을 거 같았던 끌기를 마치고 술숨을 고르며 이제 살았다 싶어질 때까지도 그녀는 만세를 한 채로 죽은 듯 누워 있었다. 괜히 술만 쎈 나는 이 꼴 저 꼴을 다 보다, 결국 그녀의 만세를 차렷 자세로 바꾸어 놓았다. 치마 밑단도 아래로 당겨 무릎 위로 내려놓았다. 그녀에게로 갔다가 다시 자리로 돌아와 앉을 때까지 아무도 나를 주목하지 않았다.

대한민국은 이미 독립국이므로 그녀의 만세는 조국

의 독립을 위한 것은 아니었을 터다. 그녀가 평소에 가진 의지와 신념에서 나온 취중 만세인지는 알 길이 없다. 다만 범지구적 환경과 범세계적 평화를 위한 것이었다고 해도 미니원피스 차림으로 만취 끝에 나오는 만세는 독립적이지도 평화롭지도 않으니, 그저 두 팔을 올리는 일만은 죽을 때까지 없어야 한다고 핏대 높여 강조하고 싶다. 나는 그럴 자격이 충분하다. 유난히 길었던 그날 밤 두 여자는 같은 지하철에 있었고 서로에게 전혀 다른 기록을 남겼다. 그녀에게는 기억조차 없는 흑역사가 탄생한 날이자 기억조차 없는 누군가의 도움으로 더 짙은 흑역사가 될 수 있었던 일을 덮은 밤. 내게는 누군가의 흑역사를 조금 옅게 해준 날이자 내 것도 아닌데 선명하게 기억하는 누군가의 빤쓰를 덮어준 심란한 자정 무렵으로. 그녀의 위태로운 만세는 아무도 흔들지 않고 오로지 나만 흔들며 심란함을 남겼다. 나만 기억하는 심란한 밤이라 해도, 내가 도울 수 있어 천만다행이었다. 2021년, 더 다행이라고 느낀다.

직장인 엽기적인 그녀에게 손수건을

평범한 대학생 견우는 어느 날 지하철에서 술에 취

해 난동을 부리는 '그녀'를 만나게 된다. 결국 그녀가 한 노인의 머리 위에 구토를 하는 실수를 저지르게 되는데, 직후 견우와 눈이 마주친 그녀는 "자기야"라고 하고는 실신해버린다. 견우는 졸지에 일면식도 없던 그녀를 책임져야 하는 상황이 되었다(나무위키 스토리 발췌). 영화 〈엽기적인 그녀〉의 초반, 두 남녀 주인공은 지하철에서 처음 만난다. 영화 속 그녀, 전지현(극중 여자주인공은 이름이 없다. 차태현의 내레이션을 통해서 그녀라고만 불린다)은 술이 약하고 주사가 심한 편으로 소주 한 잔에 테이블에 머리를 박고 쓰러지는 정도였다. 술을 못 마시면 안 될 거 같은 시절에, 소주 한 잔으로 주사를 휘두르는 그녀의 등장은 엽기적이고도 신선했다.

영화가 나온 해가 2001년. 영화는 시대상을 반영한다고, 20년 전에는 늦은 밤 네온사인을 등지고 구토하는 사람이 많았다. 길게 쭉 뻗은 유흥가에 서면 구부러진 등과 두드리는 손이 만드는 그림자를 여러 군데에서 볼 수 있었다. 고전을 마치고 그들이 떠나면 그림자가 있던 자리에는 반드시 흔적이 남았다. 음식물 이력은 보는 것만으로도 구토가 유발되었다. 늦은 밤에는 내 술을 역류하게, 이른 아침에는 내 십이지장을 튀어나오게 할 정도로.

매의 눈에 남들보다 뭐든 빨리 발견하는 나는 그 흔적 또한 언제나 제일 먼저 발견했는데 그게 억울해서 동행자에게 "저기!"라고 손으로 가리켜 알렸다. 동행자는 내 등짝을 후려치거나 인상을 찌푸리거나 짧은 욕을 내뱉었는데, 뭘해도 나만 보는 것보다는 나았다. 20년이 지난 오늘날, 길바닥 피자 한판(나는 그것을 이렇게 불렀다)은 거의 자취를 감춘 것 같다.

그날 밤은 막차로 퇴근하는 길이었다. 첫 직장이 집에서 꽤 먼 곳에 있어서 롱디퍼슨의 타이틀을 즐겁지 않게 탈환한 때였다. 한번 책정된 롱디값은 어떻게든 제자리인 나를 찾아오는 모양이었다. 학생에서 직장인으로 신분 세탁을 했음에도 불구하고 롱디는 열추적 미사일처럼 나를 끊임없이 따라왔으니까. 매일 여행 같은 일상을 지하철로 오갔다. 직장을 멀리 다니니 퇴근할 때면 쉽게 막차를 타게 되었다. 술을 마시거나 마시지 않거나 육체는 말짱하면서 정신은 피곤한 상태가 되어 집으로 향했다. 지하철 안은 술에 취한 사람들의 뻘건 얼굴과 몸에 밴 삼겹살냄새와 입에서 나오는 소주향으로 채워졌다. 양복 입은 남자들이 휘청일 때마다 삼겹살과 소주 냄새도 진하게 뒤섞였다. 시각과 후각의 피로도가 높아졌다. 술 취한 그룹이 여기저기서 떠들어댔다. 청각만이라도 다만 악에서 구하고자 이어폰을 끼고 음악을 틀었다. 지하철 문이 몇 번을 열리고 닫혔는지 모르겠다. 어디쯤 왔을까. 노선도를 보고 눈을 옮기는데, 나는 또 한번 시험에 들고야 말았다. 맞은편 여자의 볼이 복어처럼 부풀었다 가라앉기를 반복하고 있었던 것이다. 나는 알고 있었다. 저 부풀기는 그것이 되느냐 마느냐의 기로에 선 마지막 입부림이라는 것을. 꿀렁꿀렁 상체가 웨이브를 타고 볼이 부풀기를 반복하며 가끔씩 앞을 응시하는 그녀와 눈이 자꾸 마주쳤다. 내게 들켰다고 느꼈던지 그녀는 죄인처럼 고개를 푹 숙이고는 힘겹게 또는 역겹게 볼 안의 그것을 삼켜 없앴다. 나와 같은 라인에 앉은 몇몇이 그녀의 남다른 몸짓을 알아챘고 지켜보기 시작했다. 그녀는 홀로 고난을 겪는 중을 상영했고 맞은편 나와 사람들은 그 모습을 관람했다. 장르는 모노스릴러. 그녀의 몸짓, 볼짓에서 한일전 축구 경기 같은 아슬아슬함을 느꼈다. 골이냐 아니냐, 넘기느냐 쏟느냐…… 일촉즉발 속에서 나는 가방을 열었다. 화장품 파우치, 프린트물, 거울…… 죄다 그녀를 도울 수 있는 물건은 아니었다. 오늘따라 그 흔한 냅킨도 왜 없는지. 없네, 없어, 도울 길이 없네 하는데 가방 밑에 깔린 손수건이 보였다. 휴지도 안 가지고 다니는데 무슨 손수건인가 했더니, 엄마가 여름이라 땀이 나면 휴지보다는 손수건이 낫다고 하시기에 엄마 것 사드리는 김에 내 것도 샀던 그 꽃무늬 손수건이었다. 사실 나는 땀이 거의 없는 편이라 손수건은 있어도 그만, 없어도 그만인데 엄마와의 주말 데이트, 엄마랑~ 나랑~ 의 분위기에 맞춰 두 개를 구매한 거였다. 사서는 생각 없이 가방에 넣은 모양이었다. 평소에 가지고 다니지 않던 터라 있는지조차 몰랐다. 어떻게든 도울 수 있으려나 열심히 찾았더니 도울 수단이 찾아지긴 했는데, 찾아낸 수단을 내주자니 도울지 말지 갈등하는 순간에 직면했다. 목덜미 한번 제대로 훑지 않은 손수건인데, 엄마랑 커플 손수건인데, 주자니 아깝고 안 주자니 안타까웠다. 다급한 순간에 마음이 복잡했다. 술에 괴로워하는 그녀를 모른 척하는 건 어쩌면 또 다른 형태의 동족상잔이 아닐까. 같은 술겨레끼리 돕지 않는 것은 겨레 하나를 죽이는 것과 다름이 없다. 손수건을 내밀었다. 옆 사람들은 뒤로 빠지고 나만 앞으로 도드라지는 기분으로, 그녀와 가까워졌다. 그녀가 손수건을 받아들었다. 순간, 주위에 경건한 분위기가 감돌았다. 경건함은 약간의 영웅 탄생 같은 것이었다. 내가 자리로 돌아와 앉자 옆 사람 중 하나가 내게 눈을 맞추며 비장하게 휴지를 건넸다(왜 직접 주지 않고?). 그녀의 손에는 휴지도 쥐여졌다. 목례인 듯 아닌 듯 숙여진 고개로 그녀는 작업을 이어갔다. 휴지는 입 주변을 닦기보다 뱉어낸 그것을 조금씩 받아내는 용도로 쓰였다. 휴지가 모자라 손수건도 그것의 희생양이 되었다. 나는 꽃무늬가 사라지는 것을 보았고, 동시에 그녀가 살아나는 것을 보았다. 아슬아슬함도 사라졌다. 모두가 함께 그 구역의 평화를 지켜냈다. 한번 올라온 오버잇overeat은 스탑잇stop-it이 안 되는 법. 불가항력이다. 허나 그녀는 끝내 그것을 올리지 않고 잠재웠다. 그 구역의 평화는 사실 그녀가 지킨 것이라고 해야겠다.

꽃무늬 치마를 내려주고, 꽃무늬 손수건을 건네주고, 두 개의 밤, 막차는 꽃무늬와 함께 달렸다(덕분에 나는 꽃무늬 패턴을 좋아하지 않게 되었다). 음주 후유증으로 힘들 때 주변을 둘러보라, 구원의 손길이 나타날 것이다. 막차를 타면 만난다는 취객의 수호천사가 바로 나라나

뭐래나. 믿거나 말거나 어쨌거나 술겨레 동족상생의 밤은 앞으로도 계속될 것이다.

지하철, 가장 리얼한
텔레비전

축구를 두고 각본 없는 드라마라고 하던가. 그렇다면 지하철은 일단 각본 없는 것 받고, 다섯 개 더. 편성표 없는 즉흥 티브이, 장르 제한 없는 무한 티브이, 녹화 없는 실시간 티브이, 재방송 없는 본방 티브이, 리모컨 쓸 일 없이 눈 가는 대로 보이는 바로 티브이. 소파 대신 지하철 좌석에 앉으면 L사, S사 티브이는 따라오지도 못할 입체감과 생생함이 코앞에서 펼쳐졌다. 출연진, 스태프, 시청자 모두, 아는 형님, 노는 언니 하나 없는 무명인전이었다.

아침드라마 — 발 거는 여자

부천에서 강북으로 출근하던 때였다. 복잡한 게 싫어 일찌감치 지하철에 올랐다. 나같이 서두른 사람이 제법 있었다. 인천발 청량리행이라 그런지 청량리에 가까워서는 서 있는 사람이 하나도 없을 정도로 여유 있었다. 출근 지하철이라고 할 수 없을 만큼, 하지만 내 옆자리만 빼고. 언제부터 나란히 앉아서 온 건지 알 수 없었다. 신입사원의 업무 생각은 꽤 깊어서 주변을 인식하지 못했던 것 같다. 업무의 고민이 다짐으로 바뀔 무렵, 옆자리가 인식되기 시작했다. 옆의 여자는 팔꿈치로 자꾸 자리를 확보, 확인하려는 제스처를 취했다. 거슬렸다. 하지만 그냥 조용히 앉아 가고 싶은 마음이었다. 다짐을 다져야하므로 흐름을 끊고 싶지 않았다. 하루의 시작이니 웬만하면 좋게 가고 싶은 마음도 컸다.

나는 꽤나 원칙주의자로 별의별 원칙을 잘 지켰는데, 지하철 좌석 한 칸 지키기도 그중 하나였다. 한 칸 지키기는 한 사람만큼의 자리를 채우는 것보다 넘지 않는 것에 방점을 두었다. 좌석에 표시된 한 칸 정도의 너비를 위아래 투명 선으로 연장하여 팔뚝도 허벅지도 종아리도 그 선을 넘지 않는 게 내가 하는 한 칸 지키기였다. 내가 그렇게 넘지 않게 지켜야 옆자리 사람과 붙거나 부딪히지 않을 것이므로. 옆 사람이 지켜주기를 바라는 원칙이기도 했다. 내가 이러하니 옆의 너도 그러해서 서로 선을 넘지 않는 것으로 선을 지키면 좋겠다고 말이다.

이미 선을 넘어왔다. 폰을 잡은 손을 안정적으로 고정하고 싶어 두 팔꿈치를 허리춤에 올려놓은 바람에 내 팔은 그 팔꿈치를 감당해야 했다. 밀면서 누르는 것 같은 무거움은 불쾌함이 되었다. 가만 보니 이 여자, 내 불쾌를 전혀 모르는 눈치였다. 무거워서 안 되겠다 싶어 팔을 움직여 알려주니 휙 고개를 돌려 기분 나쁜 눈짓을 했다. 위아래, 위아래. 마음먹고 불쾌하라고 위로 아래로 치켜뜨고 내리까는 눈짓이 무서웠다. 생긴 것과 다르게 나는 분란을 싫어한다. 괜한 분란은 더더욱 싫어 가급적 피하려고 한다. 더 참아야 하겠구나, 꼼짝 않고 가려는데 한번 틀어진 옆자리의 심기는 나를 꼼짝달싹할 수 없게 만들었다. 이번엔 긴 머리카락을 동원한 저질스럽고 유치한 괴롭힘이었다. 팔꿈치와 긴 머리카락의 연쇄 공격이라니. 젠장, 한두 번 해본 솜씨가 아니로군. 머리카락을 어깨 뒤로 휙 넘겼다가 다시 어깨 앞으로 훑어내렸다가, 고의가 아니라고 할 수 없을 정도의 머리카락질을 반복했다. 세상에 머리카락으로도 불쾌감을 전할 수 있구나. 그래, 나도 머리를 길러야겠다 싶었다.

똑같이 팔꿈치로 밀고 누른다? 지속적이고 반복적이어야 제맛인데 시간이 너무 없어, 패스…… 나지막하게 귀에다 욕을 한다? 무슨 욕을 해야 하지, 떠오르지 않아, 패스…… 문이 열릴 때 일어나면서 가방으로 친다? 순간적으로, 확 치고 내리기! 반격당할 틈도 없을 것 같아. 좋아, 이게 좋겠어. 유치하고 저질스러운 괴롭힘에 응수하는 자잘하고 소심한 복수를 구상했다. 이제 실행만 남았다.

"이번 정차역은 청량리, 청량리역입니다. 내리실 문은……"

휘익, 둘러메는 가방으로 반원을 그리면서 어택! 제대로 된 건지 모르겠지만 기분 나쁜 눈짓을 또 볼 것만 같아 성공 여부 체크는 뒤로하고 자리에서 일어섰다. 확 세게 치지는 못했지만 어찌되었거나 치긴 쳤고 어설프게나마 복수를 한 듯했다. 그러나 한 걸음을 딛는 순간, 휘청했다. 옆자리가 다리를 걸었던 것이다. 막장은 아침 드라마가 최고라더니. 고개를 돌려 째려보았다. 위아래 눈짓과 함께 격하게 움직이는 입이 눈에 들어왔다. 이어폰의 음악이 막아주었지만 분명 그것은 욕, 욕 중의 욕, 쌍욕이었다. 순간 분노가 끓었다. 큰소리! 욕설! 가방 후려치기! ……어느 하나 제대로 못하고 할 수 있는 최대의 강도로 레이저 눈빛만 3초 정도 쏴주고 돌아섰다.

주는 큰 불쾌감은 상관없고 받는 조그마한 불편도 가만히 넘기지 않겠다는 막무가내 심보가 따로 없네. 팔꿈치, 머리카락, 참고 참았더니 발을 걸고 게다가 욕까지. 미쳤네, 미쳤어. 틀림없는 싸이코다. 야, 이 싸이코야! 속으로만 한 생각이 어느새 입 밖으로 나와버렸다. 억울한 일을 당하면 앞뒤 없는 뻑소리가 나오곤 한다. 생각 끝에 울분의 포효가 터지는 거겠지…… 눈을 감아도 떠도 여자와의 장면이 눈앞에 그려졌다. 회사에 도착할 때까지 분이 사그라들지 않았다.

똑같은 인간이 되더라도 한번 해보는 건데, 뭐라도 해보는 건데. 왜 큰소리 한번 못 질렀지, 엄마한테 대들 때는 화통 삶아 먹은 데시벨이더니. 욕이나 시원하게 해주지, 이 나이 먹도록 차진 욕 하나 입안에 저장해두지 않고 뭐했다니. 입을 못 떼면 무식하게 몸이라도 쓰든지. 가방으로 머리를 그냥 후려치지, 아무것도 안 하고 뭐했어…… 바보바보바보! 참고 당하기만 한 것이 억울했고 억울한 크기만큼 이불킥은 거셌다. 잠들 때까지 막돼먹지 않은 나를 반성했다.

이 일로 나는 달라졌다. 자리 확보에 힘쓰는 옆 사람

을 만나면 자리를 비웠다. 그리고 혹시나 몰라 가끔 소리 내어 연습했다. c, c, c······ 8, 8, 8······

중간광고 ― 서브웨이 쇼핑

집으로 가야 하니 학생은 또 지하철을 탔지만 타자마자 내리고 싶은 건 학교를 갈 때나 집으로 올 때나 똑같았다. 오후에 타는 지하철은 초절정 안 타고 싶음 그 자체였다. 구루마 아저씨를 들여보내더니, 팔 토시 아줌마를 바로 출연시켰다. 한두 정거장 숨을 고르니 한국인이 사랑한 명곡 모음과 함께 아저씨가 등장했다. 그뒤로도 열 개 만 원, 양말 아줌마와 불이 들어오는 팽이를 굴리는 아저씨가 지하철을 무대로 활보했다. 지하철 승객을 향해 운전자에게 제격이라며 팔 토시를 파는 아줌마도, 중년이나 노년 여성 승객을 지목해 애들 장난감으로 이만한 게 없다며 팽이를 파는 아저씨도 당장의 승객이 아닌 승객의 최측근인 남편과 아들, 손자를 겨냥하여 흔들리는 여심을 공략했다.

그들은 하나같이 소리 높여 외쳤다. 어른이 웅변대회가 따로 없었다. 잡상인들의 현란한 언변이 잦아들 무렵, 탑승객 아주머니 그룹이 동요했다. 파는 사람의 유치한 농담과 곧 살 사람의 숨넘어가는 웃음소리가 쌓여 귀에서 피가 날 지경이었다. 설상가상, 철로를 넘는 덜컹 소리를 이겨야 했으므로 쇼호스트와 고객, 두 그룹의 육성은 커져만 갔다. 그들의 파안대소가 넘쳐날수록 내 안의 대성통곡도 찰랑댔다. 유쾌한 아주머니 고객들은 쇼호스트의 멘트와 상품에 일일이 반응하며, 자기들만 유쾌해했다. 남성 쇼호스트의 입담에는 더욱 크게 반응했으니 저들은 지하철이 아닌 쇼핑 채널의 방청객으로 모셔야 했다. '소음이 인체에 미치는 악영향'을 알아보기 위한 프로그램에 섭외된 느낌이었다. 불행은 한꺼번에 와야 제맛이라고 했던가. 한바탕 쇼호스트의 숨찬 상품 소개가 지나가고 아주머니들도 그들만의 수다를 잔잔히 이어갈 때쯤, 잘 있던 아기가 울기 시작했다. 누가 그랬지, 아기들은 다 예쁘다고. 누차 말하지만, '다'에서 우는 아기를 빼야 맞는 명제다. 사람 소리가 주는 스트레스의 극한 체험을 제대로 했다. 대성통곡으로 찰랑대던 내 속은 불난 집이 되어, 쉴새없이 불어대는 잡상인의 소리소음 부채질에 까맣게 타들어갔다. 오후 지하철은 예의도 자비도 없었다. 오직 소리뿐이었다. 혼돈의 알루미늄 박스는 이후로도 끊임없이 출연자를 접수했다. 출연자는 객석의 호응을 현금으로 받아 챙기고는 다음 스테이지로 이동했다. 내 기분은 아랑곳하지 않고 칸에서 칸으로 광고는 계속되었다.

시사교양 — 앉지 않는 할머니

1호선이었던 걸로 기억한다. 지하철 안은 사람으로 빼곡했다. 빈자리는 없었고, 서 있는 사람도 한 줄, 두 줄, 줄을 맞춰 켜켜이 서 있는 정도였다. 그 사이, 좌석으로부터 두번째 줄 쯤 되는 곳에서 나는 발재간 중이었다. 복잡한 지하철을 타본 사람은 안다. 정말 복잡하면 발 둘 데가 없다는 것을. 요래조래 발 놓을 자리를 찾아봤지만 소용이 없었다. 떡 버티는 발들 틈에 두 발은 벌어지지 못하고 좁아들어 차렷 자세를 했다. 넘어질까봐, 남의 발을 밟을까봐, 지하철이 정차할 때마다 불안했다. 손잡이도 첫 줄의 여러 손이 잡고 있어 내 몫은 없었다. 정차할 때마다 이리저리 밀리는 바람에 여기저기서 악 소리가 났다. 내부는 더 복잡해졌다. 사람이 타고 내리면 또 악 소리가 났다. 남은 공간이 없는데도 사람들은 계속 밀어 닥쳤다. 곧 내릴 사람은 아니라는 듯 공간을 비집고 들어와 기어코 내 옆에 자리를 튼 사람이 있었다. 거친 동작과 다르게 곱게 파마를 한 할머니였다. 정글 같은 지하철에 어르신이 힘들지는 않을까, 노약자석으로 가셨음 여기보다는 나을 텐데, 무슨 일로 이 시간 지옥철에 오르셨나, 이 안에서 버티며 서 있기란 젊은 나도 힘든데 어르신은 얼마나 힘드실까…… 할머니를 보니 마음이 움직였다. 어서 자리를 만들어드려야겠단 생각을 했다. 앞 줄 사람에게 할머니가 계시니 앉은 사람에게 알려 자리를 내줄 것을 부탁했다, 면 좋겠으나 앞 줄 사람에게 말을 걸 상황이 못 되어 시도조차 못했다. 서 있는 자리에서의 공간만이라도 조금 더 내어드리는 수밖에 없었다.

"저, 할머니, 이쪽으로 서세요."

"됐어요. 괜찮아요."

예의 바른 젊은이로 생각하셨던 걸까, 어르신다운 점잖은 마다함에 다시 한번 말을 건넸다.

"아, 이쪽으로 서시면 돼요. 할머니."

"됐다니까! 거, 신경쓰지 마요!"

할머니의 호통에 주변 사람들이 일제히 나를 주목했다. 순간, 나는 할머니에게 큰 잘못이나 한 싸가지 없는 젊은이가 된 듯했다. 실상은, 잘못의 실체를 알 수 없어 억울하고, 억울함에 당황함이 더해져 할말은 많으나 말할 수는 없는, 별 잘못 없는 싸가지 있는 젊은이인데 말이다. 내가 방금 무슨 말을 들은 거지…… 혼란스럽다가 이내 넘어졌다. 할머니의 설 자리를 만들면서 더 좁아진 두 발 탓에 지하철이 정차하는 순간 넘어지고 만 것이다. 할머니 쪽으로 기울어지며 넘어졌는데 여기서 더 기가 막힌 상황이 펼쳐졌다. 할머니는 성가시다는 듯, 저리 비키라는 듯, 주저앉은 나를 발로 밀었다. 자기 설 자리 봐주다가 넘어진 사람한테 너무한다 싶었지만 할머니께 뭐라 할 수는 없었다. 기분대로 말했다간 정말 막돼먹은 젊은이가 될 게 분명했다. 그래도 기분은 나빴다. 두 손 받쳐 친절을 주었더니 발길질로 무례를 던져받는 것 같았다. 조각나 흩뿌려진 마음을 주섬주섬 챙겨 일어났다. 아무렇지 않은 듯 서 있었지만 아무래도 되는 취급을 받은 것 같아 마음이 성치 못했다. 넘어진 몸에 넘어진 마음이 깃들었다. 아직도 이 사건을 기억하고 있는 걸 보니 미처 줍지 못한 마음의 조각이 아직 거기에 남아 있나보다.

할머니의 반응에 짐작 가는 부분 몇 가지가 있다. 어쩌면 할머니는 할머니로 취급받는 게 싫었는지도 모른다. 당시 20대였던 내가 40대가 되어 떠올려보니 그 기분이 무엇이었을지 어렴풋이 알 것도 같다. 겉으로 보이는 모습이 젊지 않다고 해서 늙었다고 할 수 없고, 신체적으로 약하다고 해서 쉽게 의지하고 싶을 거라고 단정할 수 없다. 100세 시대가 코앞에 왔다고 과장을 보태어 말하더니 기술의 발전으로 100세는 거뜬해 보이고 곧 100세도 훌쩍 넘을 듯 인간의 수명은 연장에 연장을 거듭하는 것 같다. 오래 사는 것보다 건강하게 오래 사는 것이 중요하다고 했던 때가 언제인가 싶게 이제는 건강하게 오래 100세를 사는 시대가 되었다. 내가 스물 무렵에 봤던 60대는 할머니 할아버지 소리에 크게 어색하거나 억울할 것이 없어 보였는데, 지금의 60대는 할머니 할아버지라고 불러도 되나 싶을 정도로 젊다. 얼굴과 몸매, 자세와 말투까지 지금의 중장년층은 그들의 나이보다 10년쯤 적어 보이는 모습으로 산다.

덧붙여, 건강과는 무관한 마음의 나이라는 게 있다. 해마다 먹는 숫자의 나이는 어쩔 수 없다지만 그때마다 마음의 나이까지 먹고 싶은 사람은 세상 어디에도 없을 것이다. 마음만은 청춘이라는 말이 시대를 넘어 여전히 유효한 것도 같은 맥락이라고 생각된다. 나도 젊어 보인다는 말을 들으면 가끔 어색할 때가 있는데 분명 칭찬인 걸 알면서도 타인에게 숫자의 나이 그대로 받아들여지기 싫은 기분에 칭찬을 100%로 듣지 못했다. 그래서 건강미가 넘친다거나 어려 보인다는 말은 나이와 무관하게 들려서 온전히 칭찬으로 받아들였고 그 말을 한 인물도 센스 있게 보았다. 나이가 연상되는 말보다 그저 나라는 사람으로 받아들여지기를 바라는 마음이다. 그럴 수 없는 상황이라면 아예 언급하지 않아 내가 들을 일도 없으면 좋겠다. 나 스스로를 할머니라고 규정하지 않았는데 누군가가 서슴없이 나를 할머니라 콕 집어 부르면 기분이 상할 것도 같다. 하긴 나도 주중에 백화점에 갔다가 어머니, 사모님 하는 소리에 짜증이 났던 게 한두 번이 아니니까.

호의가 계속되면 권리인 줄 아는 부류가 있는가 하면, 호의 자체가 불편한 부류도 있다. 나이와 무관한 성향으로 봐야 할 것이다. 할머니는 친절이든 호의든 받고 싶지 않으면 안 받을 권리가 있다. 싫다고 자기 나름의 의사 표현을 했는데 또 친절을 들이미니 짜증이 났을 만도 하다. 내가 놓친 게 있다면 좋은 의도라고 다 좋게 전달되는 것은 아니라는 사실이다. 베푼 친절이 정반대인 불쾌로 변질되기도 하는 것을 보며 친절과 오지랖은 종이 한 장 차이라는 것도 확실히 깨달았다.

이 일로 나는 달라졌다. 괜한 오지랖은 꿈에라도 떨지 않는다. 좋은 마음으로 시작한 나의 친절이 상대에게 불쾌감을 주면 안 하느니만 못하고 결국 내게 불쾌로 되돌아오니 안 하는 게 맞다. 할머니라고 불리고 싶지 않았을 거라고 추측하며 또 할머니의 마음을 이해한다면서 끝내 할머니라고 부르고 쓰는 건, 미처 줍지 못한 마음의 조각이 원하는 바, 모든 것이 내게서 비롯되었으니 다 내 잘못이라 치더라도 쓰러진 나를 밀어냈던 그 발만은 납득이 되지 않아 그날의 복수를 하는 중.

가장 리얼한 텔레비전, 지하철. 이라고 쓰고 넌 나에게 상처를 줬어, 지하철. 이라고 읽는 게 맞겠다. 세 편의 사건은 막장 드라마, 광고, 시사교양 프로그램으로 포장한 나의 상처들이다. 사소하지만 작지 않은 상처가 된 사건들은 사회의 일면과 악의의 민낯을 보여주었다. 〈아침드라마_발 거는 여자〉는 자리 확보에서 엿보이는 이기적 욕심과 추태, 그리고 휴대전화보다 못한 사람의 존재를, 〈중간광고_서브웨이 쇼핑〉은 지갑을 여는 마케팅의 기술, 그리고 소음이 사람에게 끼치는 악영향을, 〈시사교양_앉지 않는 할머니〉는 늙기엔 너무 젊은 노인들의 세상, 고령화 사회를 엿본 것만 같다. 세 개의 사건은 나 스스로를 조금 더 알게 하는 계기도 되어주었다. 나는 욕을 못하고, 시끄러운 소리에 매우 취약하며, 아기의 울음소리를 감당할 수 없으며, 남을 돕기 좋아하고, 생각보다 훨씬 순진하고 소심한 사람이라는 것을 말이다. 다시금 깨달은 점도 있다. "참으면 호구 된다" "참는 자에게 복이 없나니"와 더불어 "차라리 때려, 어디 가서 맞고 오지 마!"라고 어린 자식을 혼내는 부모의 말 속에 담긴 진심이 무엇인지도 살짝 알게 된 것 같다.

매일 영어 공부를 2시간씩 하면 영어가 는다. 플랭크를 하루도 빠짐없이 하면 코어가 선다. 시간을 투자하면 성과로 돌아온다. 매일같이 연습을 하지 않아서인지, 제대로 된 코치가 없어서인지, 내 욕 공부는 전혀 성과를 내지 못했다. 역시 자율학습은 자율만 키우고 학습은 정체되는 그런 학습법이던가. 입안에서만 웅얼거리는 욕은 현장으로 뿌려질 기회를 잡지 못했다. 그러던 어느 날, 오후에 탄 지하철에서 이때다! 싶은 기회가 찾아왔다. 여중생들 서넛이 지들 혼과 내 혼을 다 빼면서 웃어 제치고 있었다. 낙엽만 굴러도 웃는다는 저 시절을 나도 지나왔건만, 지가 말하고 지가 웃고, 하나가 말하면 둘이 웃고, 둘이 웃다 셋이 죽을 만큼 더 크게 웃고, 무슨 말만 해도 웃는 통에 이해는커녕 눈살만 찌푸려졌다. 그들의 소리는 총천연색 소음이었다. 여중생에게 백색소음을 기대할 수는 없겠지만, 소리도 참 너희들다웠다 할까. 소음만이었다면 음악에 기대 눈을 감아버리면 그만이었다. 하지만 참 사건이란 게 터지려고 그만한 정도로 끝나질 않았다. 바다 갈매기도 캠퍼스 잔디의 복학생도 잘 먹는다는 새우깡. 국민과 동물을 먹여 살리는 과자, 새우깡. 그들이 아자자작 씹는 건 새우깡, 날리는 건 새우깡 가루, 던져지는 건 새우깡 조각이었다. 가만히 있어, 있지 마, 있어, 있지 마를 수차례 오가다 있지 마로 마음을 먹었다. 부족하나마 연습했던 욕을 써먹을 순간이었다. 충동적이고 감정적으로 순간 확 내뱉어야 제맛인데 나의 욕 발사는 마음을 먹기까지 몇 개의 역을 지나칠 정도로 시간이 걸렸다.

이어폰의 소리를 최대로 키웠다. 최대 볼륨의 음악은 떨리는 프레젠테이션 발표 전의 우황청심환이 되어 욕의 첫 출사를 도울 것이라 믿었다. 맥박 소리는 음악 소리와 별개로 잘도 들렸는데 내가 얼마나 긴장하고 있는지를 알 수 있을 만큼 빨랐다. 시선은 휴대전화에 고정한 채로 욕을 담은 문장을 뱉었다. 자비 없는 지하철에 자비 없는 일갈을 날렸다. 큰 볼륨 덕에 욕은 잘 나온 것 같았다. 이제 그들은 조용해지거나 자리를 옮기거나 할 것이다. 그래야 순서가 맞고 예상한 그림이 된다. 하지만 그들은 어디도 가지 않았다. 분명 제대로 구사한 것 같았는데, 성공의 느낌은 어디로 가고 실패의 그림자만 감돌았다. 슬픈 예감은 틀린 적이 없듯, 나의 욕 데뷔는 실패로 돌아갔다. 실패의 원인은 시선 처리에 있었다. 그들을 볼 자신도 없었지만 시선을 다른 곳에 두고 하는 욕이 뭐랄까 조금 더 쿨하고 쎈 여자의 이미지를 완성시켜줄 거라고 생각했다. 무심하게 툭 건드려 정확히 꽂히는 노룩 패스같이. 그러나 욕 문장의 대상을 정확히 조준하지 않고 뱉은 결과는 '쿨'도 '쎈'도 아닌 '미친'이었다. 나는 멀쩡하게 생겨가지고 휴대전화를 보고 욕이나 하는 이상한 여자가 되었다. 실패했다는 쪽팔림에 맥박은 더 빠르게 뛰었고 속상한 마음을 주체할 수 없었다. 애꿎은 얼굴만 시뻘겋게 달아올랐다.

이 일로 나는 달라졌다. 욕 연습을 집어치웠다. 욕도 해본 놈이 한다고, 에라이, 나는 못하겠다.

욕 연습은 당장에 그만뒀지만 오지랖 떨기는 쉽게 떨쳐지지 않았다. 그만두었다가도 스멀스멀 오지랖이 올라왔고 나는 하는 수 없이 가끔 오지랖을 떨어주었다. 맞은편에 앉은 여자에게 미니스커트 안으로 속옷이 보인다고 말해주었고, 빈자리를 찾으며 두리번거리다가 꼭 자리 날 때 두리번거림을 멈추어 번번이 자리를 못 구한 어르신에게 내 자리를 내어드렸으며, 바닥에 놓기엔 아까운 쇼핑백을 여러 개 들고 있는 여자의 가방을 받아주었으며, 몇 살이냐고 묻고는 자식 자랑을 바로 이어붙인 나이 지긋한 어머니의 이야기를 맞장구쳐주며 내리기 전까지 다 들어드렸다. 이런, 나 좀 착한 것 같은데?! 누군가를 살피고 도우며 나의 선함도 끌어올린다면 오지랖이 꼭 나쁜 것만은 아닌 것 같다. 앞으로 오지랖은 손절 말고 가끔 떠는 걸로 완전 정리 끝.

서브웨이
로맨스

달리는 지하철 창밖은 까맣다. 풍경이랄 건 없고 지하철 안의 사람들이 비쳐 보일 뿐이다. 까만 공간을 바라보며 멍때리는 깜멍*이냐 아니냐는 비쳐지는 사람의 조합에 달렸다. 빼앗긴 들에도 봄은 오듯, 볼 것 없는 까만 창에도 핑크빛 기운이 감돌기도 한다.

　스마트폰은 사용자의 눈을 잡고 놓아주지 않는다. 스마트폰 이전의 폰에는 그런 능력이 없었다. 지하철 안의 인터넷 연결은 느림과 더딤의 합작이었으니 많은 걸 보기도 전에 답답함이 밀려왔다. 폴더폰으로 할 수 있는 건 음악 감상이 전부였다. 책 읽는 사람도 적당히 있던

---

* 불멍에 빗대어 만든 신조어. 다른 곳에서는 본 적 없다.

때다. 지금의 지하철에 대입하자면 인간문화재 같지만. 그래서 시선은 내 손으로 떨어지기보다 내 밖으로 떨어졌던 때가 있었다. 지하철이 로맨스의 배경이 된 바로 그때.

시선이 느껴졌다. 시선 쪽으로 고개를 돌렸다. 나를 보는 사람이 누구인지 옆모습으로 가려내기는 어려웠다. 다시 창을 바라본다. 깜멍이다. 눈을 돌리다 창으로 나를 보는 시선을 발견한다. 바라보니 이내 시선을 피한다. 아까부터 느꼈던 시선은 저 남자의 것이었다. 남자는 나와 서너 사람을 사이에 두고 서 있다. 창의 반사 없이 바로 보니 겹겹이 선 사람들에 가려 남자가 보이지 않는다. 다시 창을 보자 나를 보던 시선이 사라진다. 내가 보면 안 보고, 내가 안 보면 나를 보던 그를 나는 알고 있었다. 며칠 전부터 같은 칸에서 그를 보았다. 그가 창으로 비친 나를 힐끗거린다는 것을 며칠의 반복으로 알게 되었다. 그는 직장인 같았고 차림은 평범했으며, 언제나 나보다 먼저 내렸다. 대단히 눈길을 끌 만한 생김새는 아니었지만 딱히 부족한 점도 없어 보이는 적당한 남자였다.

출근길이 달라졌다. 메이크업과 헤어, 차림에 조금 더 신경을 썼다. 까만 창만 멍하니 응시하던 눈에 총기가

돌았다. 그를 찾는 눈에서는 레이저가 뿜어져나왔다. 가장 크게 달라진 건 기분이었다. 출근길 지하철, 같은 칸에서 만나는 남자, 창으로 오가는 시선, 핑크빛 한 방울이 떨어질 듯 말 듯한 분위기. 설렘이 찾아왔다.

다른 날 같은 칸에서 설렘은 계속되었다. 역시 나는 왼쪽에 그는 오른쪽에, 창을 통해 시선이 오갔다. 나는 다른 곳을 보며 그가 나를 볼 수 있게 했다. 20~30초 후 내가 그를 바라보면 그는 다른 곳을 보았고, 그때 나는 그를 보았다. 나와 다르게 그는 의도적인 시선 처리를 할 줄 몰랐으므로 내 시선의 주도하에 우리는 서로를 볼 수 있었다. 그렇게 또 며칠이 이어졌다. 나와 그는 서로를 인지했고 수차례 창에 비친 서로를 봤다. 창에서 엇갈리는 시선의 순간들은 매일 밤 자기 전 읽었던 하이틴 로맨스처럼 설렘을 더해주었다. 가슴 위에 올려놓고 읽던 하이틴 로맨스는 페이지를 넘길수록 어덜트스러워졌다. 깊어지는 내용에 가슴도 덩달아 뛰었고 가슴 위에 올려놓은 하이틴 로맨스도 탈칵탈칵 더 크게 흔들렸다. 두근거림을 준 로맨스 스토리처럼 지하철 로맨스의 주인공으로서 스토리가 더 깊어지기를 바라며 다음 페이지로 넘어가고 싶었다.

"저 이번에 내려요."

지하철은 버스여야 했다. 내리는 문이 하나인 버스면 좋았을 뻔했다. 아니면 지하철인 채로 시스템 고장을 이유로 한 30분 멈춰 있든지. 여자든 남자든 서로를 겨냥해서 조금 더 적극적으로 관심을 표현할 수 있게 둘의 교통수단은 버스이거나 고장난 지하철이면 좋았을 텐데. 우르르 내리고 타는 사람들 틈에 여운 남을 시선도 나누지 못한 채, 언젠지도 모르게 핑크빛은 사라져버렸다. 까만 터널을 문제없이 달리기만 하는 바보 같은 지하철에, 수십 번 눈 맞췄던 여자를 가만 두고만 보는 꿀 먹은 벙어리 바보 같은 남자라니. 잘도 어울린다.

영화 〈슬라이딩 도어즈〉처럼, 나와 그가 아니 나 혹은 그가 훔쳐보기 눈 맞춤을 지하철 밖으로 끌어냈으면 어떻게 되었을까? 적어도 둘 중 하나의 용기가 풀장전 되었다면 2주간의 훔쳐보기는 마주보기로 바뀌지 않았을까. 용기는 남자와 여자를 인연으로 엮고, 용기에 감동한 지하철은 그 둘을 어디론가 데려갔을지도 모른다. 그곳이 어디든 적어도 회사로 데려가진 않았을 것이다. 용기 있는 남녀와 용기 있는 지하철의 합작이라면 일단 사고부터 치고 봤어야 한다. 현실성을 감안하여 설사 각자의 회사로 갔다 하더라도 둘이 함께 발을 내디뎠으니 그것만으로도 그날의 기분은 달랐으리라.

하이틴 로맨스 같은 상상 스토리만이 지하철 로맨스의 전부는 아니었다. 운전을 싫어하는 남자친구와의 데이트에는 지하철이 자주 등장했다. 수도권 꽃 축제를 가고 춘천 당일 여행을 가고 몇 박 며칠의 지방 여행을 위해 터미널역으로 갔다. 출근길 광장 앞 토스트를 사서 지하철이 들어오기 전에 바쁘게 먹고 입가를 닦아주며 웃던 그도 있었다. 흔들리는 전동차 안, 연인은 서로 기대고 잡아주며 떨어지지 않았다. 나란히 앉거나 여자친구를 앉히거나 눈에선 애정이 뚝뚝 떨어졌다. 싸우면 먼저 내려버리거나 다른 칸으로 이동도 서슴지 않았다. 따라올 것을 예상하고 앞서가면 어금니를 물면서도 나를 쫓아오던 예상 범위 안의 남자, 웃음기 없는 지하철에서 펼쳐진 무표정의 '나 잡아봐라'. 지나고 보니 유치했지만 그래서 연애였다. 꿀 먹은 벙어리와 꿀 떨어지던 남자들…… 나의 사랑도 지하철을 탔었다.

이따가 지하철을 타면 검은 창과 의자와 칸과 칸 사

이를 천천히 봐야겠다. 스마트폰을 내려놓고 사랑 노래도 끄고 나의 지난 사랑을 더듬어봐야겠다. 눈가가 촉촉해진다 해도 기꺼이.

자리와 임자

도시의 아침은 줄을 서면서 시작한다. 도로 위는 차들이 줄을 서고, 버스정거장에는 버스와 사람들이 줄을 선다. 요 근래 내가 타는 지하철역은 입구인 지상 에스컬레이터 앞에서부터 줄을 선다. 이쪽, 저쪽, 사람들이 줄에 척척 들러붙는다. 금세 줄이 길어지고, 길어진 줄을 보면 나도 모르게 발걸음이 빨라진다. 곧 줄에 합류할 사람들은 너나 할 거 없이 한 명이라도 제쳐 앞서고 보자는 심리가 발동하는 것 같다. 그 한 명이 뭐라고, 그렇게 열혈로 바쁘게 가봤자, 가는 곳이 어디라고. 바삐 재촉하는 걸음은 회사에 대한 충성도가 아니라 잔소리와 패널티를 피하기 위함이란 걸 안다. 지금 길에서 서두르면 업무 시작 전 사무실에서 여유를 가질 수 있으니, 일찍 나온 김에 조기 출근을 완성하려는 의지이거나 그저 오늘을

활기차게 시작하고 싶은 무색의 마음이기도 하다는 것
또한 모르지 않는다.

여유 있게 시작하지 못한 아침 출근길은 뛰기의 연
속이다. 집에서부터 지하철역까지, 에스컬레이터에서
도, 열차가 당 역에 접근중이라는 메시지를 보면 더 뛰
게 된다. 카드를 찍고 들어가 계단이나 에스컬레이터를
내려가면서도 뜀은 멈추지 않는다. 넘어지면 안 된다는
생각과 지금 들어오는 지하철을 타야 한다는 투지가 합
쳐져 끝내 올라타게 되면 야구 경기의 세이프처럼 아슬
아슬하게 성공한 듯 짜릿하다. 하지만 실상은 그렇지 않
다. 천천히 걸어서 지하철을 타고 도착지에 내리는 것과
는 비교도 안 될 만큼의 에너지를 소모한 탓에 성공이고
짜릿이고 뭐고 급 피로가 몰려온다. 털썩 앉았으면 하는
생각밖에 없다. 지하철 타기 전에는 줄곧 줄 서거나 뛰는
일 일색이니 그래서 지하철을 타면 그렇게나 앉고 싶었
나보다. 퇴근길도 출근길과 마찬가지다. 종일 앉아 있었
고 뛴 적 없으나, 업무로부터의 피로와 이제 집으로 간다
는 안도감이 앉고 싶은 마음을 부른다.

아침저녁 같은 마음으로 지하철을 타건만 지하철도
또하나의 세상이라고, 세상 참 내 마음 같지가 않다. 수

많은 날 대부분 앉을 자리가 없다. 부천에서 강남으로 출근하는 7호선 지하철을 거꾸로 두 정거장을 가 종점에서 앉아 온다던 모국장님이 떠오른다. 출근길 자리 욕심에 남녀노소 구분이 있을라고. 부천에서 강남 구간의 7호선이면 종점 아니고서야 자리에 앉기는 어렵다고 봐야 한다. 텅 빈 채로 종점에서 출발한 출근길 지하철은 역 두세 개만 지나도 이미 적당한 수준으로 사람을 채워서 온다. 모국장님의 선택처럼 아무나 주인으로 받겠다며 모든 자리가 빈 상태로 출발하는 종점발 지하철이 속편하다. 지금의 회사는 집에서 가까운 편이라서 5년 전 부천과 강남을 오가던 출근길보다는 가까워졌지만 내가 타는 역은 종점과 무관해서 앉아 가기란 하늘의 별따기다. 1, 2, 3, 4, 5, 6, 7…… 어떤 라인이든 어느 역이든 타고 보면 자리 주인은 있고 내 자리만 없다. 지하철 불변의 법칙이다. 자리에 앉으려면 운이 좋아야 하는 수밖에 없다. 내 자리 운의 지분은 내 앞사람이 다 갖고 있다. 앞사람을 잘 만나야 하는 것이다. 이런 고로 내 앞에 앉은 사람이 곧 내릴 상인가, 꿰뚫어볼 줄 알아야 한다.

지하철에는 곧 내릴 관상이란 게 있다. 멀리 갈 거 같지 않은 상, 그 상이 바로 곧 내릴 관상이다. 멀리 갈 것 같지 않은 상이란, 멀리 갈 상과 반대되는 분위기를 가진 상이다. 단단히 마음먹고 탄 것 같은 느낌, 자 이제 가볼까 하는 듯 여유로운 안색, 앉자마자 눈을 감고 머리를 기대었거나 이미 쭉 자고 있었거나 하는 자세 같은 것들과 반대되는 분위기가 바로 멀리 갈 것 같지 않은 상이다. 서울역이나 용산역, 관악산 서울대입구역, 공항터미널처럼 목적이 분명한 역의 하차객은 대부분 그 역에 맞는 차림새를 하고 있기 때문에 어려운 관상 잡이 노릇은 하지 않아도 된다. 캐리어 가방을 끌고 탄 직장인은 서울역이나 용산역에, 등산복 차림의 어머니 아버지들은 관악산 서울대입구역에, 여행용 캐리어와 쇼핑백과 백팩…… 끌고 걸고 메고 짐이란 짐은 몸에 다 장착한 외국인이라면 공항터미널역에 내릴 거란 예상이 크게 빗나가지 않는다. 하지만 이렇듯 친절하게 힌트를 주는 승객은 불친절하게도 별로 없다. 코에 걸면 코걸이, 귀에 걸면 귀걸이, 알 듯 모를 듯한 안색과 모양과 그 느낌적인 느낌을 알아차리기란 말처럼 쉽지 않다. 모두 똑같은 각도와 자세로 스마트폰을 보고 있는 요즘에는 더 어려워졌다. 그리하여 예나 지금이나 앉고자 하는 욕구가 팽

배한 자는 두 자리를 커버하는 중간에 걸쳐 서 있는 것이다. 삼발이나 이젤처럼 한 자리에 한 다리씩 두 다리 쫙 벌리고 단단히 버티는 그 모습은 현명하거나 보기 싫거나, 어찌되었거나, 앉고자 하는 굴뚝같은 마음만은 잘 드러냈다. 꾼은 꾼을 알아본다고 그 자세를 보면 그 마음까지 나는 바로 알아봤다.

자리 주인 교체의 가장 유력한 시점은 환승역이다. 환승역이 가까워지면 서 있던 사람, 앉아 있던 사람, 모두 문 앞으로 모인다. 하차객뿐 아니라 자리를 탐하는 입석객도 함께 바빠진다. 잠깐의 번잡스러움 사이, 자리를 꿰차는 팁이 있다. 자리 주인이 일어날 때, 문을 향하는 그의 몸 뒤편에 서 있어야 유리하다. 바로 앞에 서 있으면 그와 마주하게 되어 비켜주느라 앉을 타이밍을 놓치게 된다. 그렇게 그가 일어나는 순간, 내가 먼저 그의 뒤편을 선점하여 내 옆의 입석객을 그의 앞 편에 서게 자연스레 유도한 후, 동시에 원래 자리 주인이 문 쪽으로 한 발 디디려고 할 때 내 엉덩이를 들이밀면 성공, 지금부터 편히 앉아 가는 일만 남았다. 지하철 좀 타봤다는 사람은 다 알 것 같은 자잘한 팁이다. 한편으로는 뭐 그렇게까지 해서 앉아야 하나, 생각해본 적도 없다 할 것 같은 무관심의 팁이기도 하다. 하지만 앉고 싶은 순간은 오게 되어 있고 막상 상황이 닥치면, 찰나의 순간, 눈앞 자리는 옆 사람 차지가 된다. 이런 이유에서 앞서 등장한 두 다리로 두 자리를 커버하며 선 자는 꼴 보기는 싫어도 결국 현명한 게 된다. 내리는 문의 위치는 변하지 않지만 밀집도라는 것이 자리마다 달라 두 자리를 커버하여 서 있는 것만으로도 앉을 확률을 높일 수 있기 때문이다. 두 자리의 주인이 시옷 자 모양으로 한 명은 좌로, 한 명은 우로 내리게 되면 앉을 확률은 100%다. 눈치와 타이밍을 보며 노력하여 얻은 내 자리니 자수성가형 자리 승계의 표본이라고 해야겠다. 반대로 그냥 있었을 뿐인데 거기 있다는 자체로 자리를 승계하게 되는 금수저형도 있다. 내 앞에 앉은 사람이 일어나고, 앉을 생각이 없는 사람이 옆에 서 있다면 이는 가히 천운이다. 앞과 옆이 동시에 도우니 하늘이 도운 것과 다름없다. 흔한 게 천운은 아니라서 대개는 나와 좌와 우, 스탠딩 트리오는 자리 주인이 되기 위한 경쟁 구도를 함께 만들어간다.

자리를 몹시 원하는 건 그날의 컨디션과도 관련이 깊다. 제대로 잠을 못 잤고 늦게 일어났고 컨디션이 엉

망인 아침이라면, 다물 줄 모르는 대표의 입이 터진데다 마라톤 회의와 업무가 해일처럼 밀려온 저녁이라면, 그냥 앉고 싶다. 이런 상황과 컨디션에 대해 듣는다면 너끈히 제 자리를 내어줄 사람, 한둘은 있을지도 모른다고 기대하고 싶지만 그런 일은 일어나지 않는다. 몸, 마음, 영혼까지 너덜너덜 걸레가 되면 비어 있는 핑크 좌석에 눈이 간다. 하지만 자리는 색깔로 지정된 주인이 있음을 알리며 너는 임산부가 아니니 앉을 수 없다고 딱 잘라 말한다. 색깔만 핑크지 야멸차기 그지없다.

몇 날 며칠 이어진 새벽 야근으로 퇴근할 때는 파김치가 되었다가 출근할 때 겨우 다시 사람 꼴을 하고 나서던 때가 있었다. 여지없이 지하철 자리는 없었다. 한동안 새벽 야근은 계속될 것이고 내일부터라도 앉아야 했다. 비어 있는 핑크색 자리를 보며 어떻게 하면 저 자리가 내 자리가 될 수 있을지 궁리했다. 엄밀히 말하자면, 임산부석에 앉아 가면서도 눈치를 받지 않는 방법은 없을까에 대한 궁리였다. 임산부석 사수 아이디어와 회사 프로젝트 아이디어를 오가는 통에 어느 아이디어 하나 완성하지 못하고 역에서 내렸다. 내일이 오늘이 되어 또 파김치에서 겨우 사람 꼴로, 또 지하철, 또 자리가 없었다. 며칠의 반복 끝에 앉아서 출근하게 되었다. 임산부석 옆이었다. 옆의 핑크색을 보자니 잠시 잊었던 임산부석 내 자리 만들기가 떠올랐다. 천운 같은 운발에만 기댈 수는 없었으므로 제대로 된 절차가 필요했다. 임산부 라벨을 보며 내 인생 첫 사기를 구상했다. 이름하여 비임산부의 임산부 라벨 수급 사기. "임산부 라벨은 어떻게 발급받나요?" 지하철역에 문의했다. 대면하면 뭔가 불리할 거 같아 전화로 문의했다. 해본 적 없는 사기 구상에 목소리가 떨렸다(배짱도 배포도 뻔뻔함도 없어 떨기만 하면서 몸에 안 맞는 옷 데뷔나 사기 구상 같은 건 왜 시도하는지 나도 나를 모르겠다). 임신 확인서나 산모 수첩을 가지고 오라고 했다. 임신하였음을 증명하라는 것이었다. 바로 포기하는 건 아닌 것 같았다. "확인 후 그 자리에서 바로 수령할 수 있나요?" 당장이라도 발급받을 임산부인 양 질문을 붙였다. "네, 감사합니다. 수고하세요." 임산부 배려 라벨 받기는 글렀다. 세상 참 내 맘 같지가 않다.

사람들은 내게 표정이 다양하고 풍부하다고 한다. 다양한 표정과 연기 소화력이 이유가 되어 광고 촬영 시 모델의 표정과 자세에 대한 가이드와 디렉팅은 내 몫이자 역할이었다. 수세에 몰리면 꺼내는 필살기는, 잘하는 것을 하는 것이다. 다시 핑크색 의자가 있는 지하철로 돌아와, 남은 건 하나밖에 없었다. 연기였다. 속이 불편한 여자, 어지러운 여자, 그냥 몹시 아픈 여자, 방금 이별한 여자, 상상할 수조차 없을 만큼의 불행에 빠진 여자, 세상 짐은 다 떠안은 여자…… 아무튼 간에 나는 건들면 안 될 거 같은 여자가 되어 임산부석에 앉았다. 아무도 건들지 않은 여자는 고개를 푹 숙이고 눈을 감고 가는 통에 주변의 반응을 확인할 수 없었다. 너무 과하지 않게 가끔 문제가 있는 것처럼, 안색과 자세를 그때그때 느낌대로 연기했다. 가는 동안 기복 없는 연기를 유지하는 것은 보통 일이 아니었다. 건강에 문제가 있는 여자로 보일 때에는 관자놀이를 누르고 버겁게 침을 삼켰고, 마음이 괴로운 여자로 보일 때에는 미간을 찌푸리며 한숨을 내쉬었다. 아픈 연기를 하니 정말로 어딘가 아픈 것 같았고 심란한 연기를 하니 부쩍 마음이 괴로웠다. 명품 배우의 생활 연기라고 하더니 배역을 맡으니 바로 캐릭터가 되었다. 그렇게 지하철에서 나는 명품 배우가 되었다. 감은 눈과 숙인 고개 위로 나를 걱정하는 관람객 아니 승객들의 소리를 들으며 내게 연기 DNA가 어느 정도 탑재되어 있음을 확인했다. 동시에 그들에게 걱정의 대상인 이 여인에게 임신 여부는 따지지 말고 몸과 마음, 둘 중 하나는 불편한가보다, 그냥 그 정도로 보고 넘겨주었으면 하고 바랐다. 혹여 임산부 맞느냐고 물어오면 뭐라고 답해야 할까. 1) 가방을 바꾸느라 라벨을 깜빡했다. 2) 임산부는 아닌데 몸이 너무 안 좋아서 앉았다. 3) 쏘오리? 네, 한국말? 좔 몰라여. 외국인이라 무슨 말인지 못 알아듣겠다. 정도로 만약의 상황을 준비했다. 다행히 답한 적은 없다. 아무도 물어오지 않았고, 지하철 내 연기 생명도 끽해야 서너 번으로 매우 짧았으므로. 그렇게까지 해서 임산부석에 앉아야 했느냐고 누가 물어온다면 글쎄, 지금은 틀렸지만 그때는 맞았다라고 답할 수밖에. 안 그래도 소심한 인물이 얼마나 피곤했으면, 얼마나 앉아야 했으면 그렇게 했겠느냐고. 이미 많이 부끄러우니 너무 미워 말기를 바란다.

솔직히 장애인, 노약자, 임산부처럼 신체적으로 불편한 사람을 위한 배려석이 고약하게 느껴질 때가 있다. 이렇게 느끼는 내가 더 고약할 수도 있지만. 하루 종일 왕복 출퇴근 시간에, 매일 야근으로 지친 직장인은 지하철 어디에서 배려를 받을 수 있는지. 또, 복잡과 피곤이 아니라 그저 앉고 싶어서 빈자리인 임산부석에 앉는다면 그것은 크게 잘못된 행동일까 생각도 해본다. 앉아 있는 임산부를 일으켜세운 것도 아니고, 막 지하철에 올라탄 임산부를 보고도 자리를 뭉개고 있는 것도 아닌데 앉으면 안 될 이유가 무엇일까. 의문은 곧 불만이 되었다. 앉아야 할 사람을 임산부로 고정해둔 것에는 먼지만큼의 이견도 없다. 다만, 해당 대상자가 없는데도 앉고 싶은 사람을 못 앉게 한다면 이 부분에는 나부터 불편한 심기를 꽤 드러낼 수 있을 것 같다. 안 그래도 임자 없을 때에도 임산부석을 빈 채로 두는 것이 맞는다는 자리 보전식 주장과 임산부석은 비효율적이고 역차별이라고 주장하는 의견이 팽팽히 맞서왔다고 한다. 더 알고 싶어 임산부석에 대해 검색해보았다. 다른 승객과 임산부의 사례를 읽을 수 있었는데 나와 반대 의견이기 전에 내가 생각하지 못한 부분이 많았다. 임산부석을 비워두었다고 민폐 소리를 들었다는 승객이 있었다. 사람 많아 복잡한 지하철에 자리를 비워두는 것이 더 매너 없는 행동이라며, 앞에 임산부석이 빈자리인데도 앉지 않고 비워뒀다는 이유로 다른 승객으로부터 민폐라는 소리를 들었다는 것이다. 한 임산부는 몸이 무겁고 균형 감각이 둔해져 바로 앉을 수 있게 자리가 비워져 있기를 바랐다. 배부른 자신을 보고도 스마트폰을 보거나 자는 척하는 사람들이 있어서 자리 양보를 부탁하고서야 겨우 임산부석에 앉을 수 있었기 때문이라 했다. 임신 초기라 겉모습에서는 티가 나지 않았던 임산부는 라벨을 보여주고도 욕을 먹었고, 임산부석에 앉은 어르신 앞에 끝내 서 있기만 하다가 내린 임산부도 있었다. 기사를 보니 임산부석이 공석이 아니라서 괴로운 임산부가 꽤 많은 것 같았다. 기사에서 다룬 것이 이 정도이니 실제 지하철에서 임산부가 겪을 상황은 더 난감하지 않을까 싶었다. 경험만큼 알고 아는 만큼 보인다는 말이 이번에도 맞았다. 나는 비워둔 채로 보전되는 임산부석을 자주 보았기 때문에 빈 상태의 자리에 초점을 두어 의문과 불만을 품었었다. 경험이 입장이 된 것이다. 입장이 다르니 경험도 다르고 다른 입장의 경험을 들으니 이해되는 부분이 많았다.

사실 내가 임산부석에 앉아 연기했던 건 다른 이유에서가 아니다. 임산부석에 앉은 비임산부를 보고 임산부가 뭐라 하는 경우는 잘 없다. 일찌감치 코로나로 지하철 한 칸의 모든 승객이 빠짐없이 마스크를 쓰고 있는 우리의 모습에 세계가 감탄했다. 사회적 규범을 잘 지키는 한국인이 그렇지 않은 한국인을 눈으로 혼쭐내는 것은 어느 순간부터 당연했고, 지하철 임산부석에 앉은 비임산부는 그중 하나가 되기 십상이다. 다들 뭐라 하지 않아도, 비임산부인 내가 탐하고 연기하는 것이 스스로 쭈뼛스러웠고, 사회규범을 너무도 잘 지키는 한국인에게 눈으로 몽둥이를 맞을 수 있으니, 탐하거나 연기하는 일 따위는 더 하지 말자로 자연스레 마무리하게 되었다. 사회규범을 잘 지키는 한국인의 눈 몽둥이 역시, 나의 제한된 경험으로부터 나온 예상에 불과할 수도 있다. 다른 지하철에서는 나의 판단과는 다르게 임산부가 임산부석에 앉지 못하는 정반대의 상황도 벌어졌다고 하니 말이다. 경험에 따라 입장이 변하기도 한다. 내가 듣고 보는 것이 전부가 아니고, 겪는 것조차도 제한적이기 때문에 강하게 주장하기가 어려워진다. 어떤 주장이든 섣부를 수 있다. 임자 없는 임산부석은 빈 채로 두어야 한다는 주장이 반드시 개념 있고 옳다고만 할 수 없다. 반면 임자 없으면 채워서 간다는 주장이 반드시 개념 없고 틀리다고도 할 수 없다. 그래서 지정된 임자는 우선 고려함을 원칙으로, 지정되지 않은 사람도 얼마든지 임자가 될 수 있었으면 하는 것이다. 나만 옳다 할 일 없이, 서로 길게 잘잘못 따질 일 없이, 욕하거나 싸울 일 없이, 원칙에 융통성을 얹어서.

"좋은 게 좋은 거다"는 내가 진짜 싫어하는 말이자 문장이었다. 좋게 말해 중용이지, 물에 술 탄 듯, 술에 물 탄 듯 애매한 태도와 모호한 입장을 합리화하기 위해 우유부단한 자가 꺼내는 말 같았다. 어정쩡한 것, 불분명한 것, 흐릿한 것을 당최 이해할 수 없는 사람이 나였으니 좋은 게 좋은 거라는 말은 아무리 좋게 말해도 좋게 들리지 못했다. 덮어두고 불명확하게 가자는 말과 다르지 않으니 클리어하지 않을 뿐더러 불명확의 공범으로 합의보려는 것 같아 더 싫었다. 하지만 살다보니 무언가에 대한 의견과 판단은 상황에 따라 변할 수 있고, 변하지 않을 거라고 믿는 게 어쩌면 더 위험하다는 생각도 하게 되었다. 무엇보다, 올곧고 흔들림 없는 의견을 핏대 세워 주장한 만큼 반대의 주장이 맞다고 판단되거나 선택될 경우에 기댈 곳, 돌아갈 곳이 없게 된다. 그래서 의견과 주장은 그 내용은 강하되 전달과 표현은 강하지 않도록 주의해야 한다. 그래야만 누구의, 어떤 주장으로 결론이 나더라도 앙금 없이 다음으로 넘어갈 수 있다. 양립될 주제는 양립되어야 맞고 흔들려야 할 땐 흔들려야 맞다.

좋은 게 좋은 거라는 말처럼, 답은 하나가 아닐 수 있다는 것도 받아들이게 되었다. 그렇기에 거부와 수용은 탄력적으로 하는 것이 다음 단계를 위해, 전체의 삶을 위해 유리하다. 임산부석의 임자에 대한 내 진짜 속내는 그래서 말하기 어렵다. 빈 좌석 아무나 앉으면 어떠한가 합리적 융통성을 주장해놓고 임산부석에 앉은 건장한 남자를 보고 아무리 그래도 이건 아니지 않나 했던 내 고갯짓은 또 무엇을 들어 설명해야 할는지. 할말이 없다. 이거 봐라, 내가 뭐라고 그랬냐. 살아오면서 깨닫는 지점이 많은데도 늘 놓치고는 또다시 새기고 기억하기를 반복한다. 이래서 사는 동안 배우기는 멈출 수가 없나보다.

지하철은 '타다'와 '내리다'뿐 아니라 '앉다'도 있다는 걸 깜빡했다. 하도 앉아 갈 일이 없으니 앉다도 있다는 걸 잊었나보다. 나를 위한 자리는 없다는 기본값에 대항하며 무수히 많은 날 자리를 구하려 애쓰고 욕봤다. 내 자리라는 게 이렇게 귀한 것일까. 돌아보면 우리는 지금까지 수없이 많은 '내 자리 찜'을 해왔다. 강의실에서 도서관에서 GX룸에서 노래 교실에서 심지어 찜질방 불가마 안에서도. 한민족의 내 자리 찜하기는 무조건반사에 가깝다. 우리에게는 왜 그토록 자리를 찜하는 일이 당연해졌을까. 어디를 가든 영역을 지정하고 잠시라도 내 것으로 만들어야 마음 편안해지는 이 버릇은 고질병이라고 하면 이해가 되려나. 영원히 나의 자리가 될 수 없다는 것을 알기에 더 갖고 싶어지는 희소에 대한 소유욕이라 하면 적합할까. 아니면 그 누구도 아닌 바로 내 것으로, 니 꺼 아닌 내 꺼 만들기에 초점을 두니 그저 귀해지는 것일까. 나그네처럼 머물다 갈 수는 없는 것일까.

지하철 자리의 임자가 되기 위해서 눈치와 타이밍을 보며 노력을 기울이는 것이 조직과 다르지 않다는 생각이 든다. 내 자리 만들기는 세상 어디를 가나 치열하며 때론 치졸하기까지 하다는 공통점에 고개를 떨군다. 내 자리 내 자리 하던 나의 자리 탐이 덧없다. 능력 증명, 승진 경쟁, 자리 사수…… 사무실의 권모술수가 지하철로 옮겨진 것 같아 씁쓸하다. 지하철 내 자리 잡기는 철저한 경쟁 구도이나 다른 곳만큼 처절하거나 처연하지는 않아 그나마 다행이다. 욕구와 승패 또한 짧은 순간 머물다 사라지니 이 얼마나 다행인지. 지하철로의 출퇴근 시간이 짧아야 하는 이유를 발견한 것만 같다. 지하철에서의 체류 시간이 길어지면 지하철은 더이상 단순한 교통수단이 아니다. 지하철은 사회로 모습을 바꾸어 자리를 확보하게 만들고 발 자리의 입석이든 엉덩이 자리의 좌석이든 제 자리를 지켜야 할 프레스와 스트레스를 준다. 회사라는 조직이 이미 큰 인내력을 요구하므로 지하철은 하나의 사회가 되지 않게, 가급적 짧게 올랐다 내림이 건강하겠다.

비혼주의 후배, 결혼은 해도 육아는 거부한다는 후배, 비혼도 육아 거부도 아닌데 미혼의 무자녀로 싱글인 나, 남편까지 '애' 셋 육아에 다음 생은 나 홀로였으면 한다는 친구. "우리는 죽을 때까지, 어쩌면 다음 생에도 핑크석에 당당히 앉을 날은 없겠다!"는 내 말에 채팅창은 ㅎ와 ㅋ가 난무했다. 나도 좀 앉자며, 특별대우 한번 받아보자며 생떼를 부리던 철부지 같은 마음이 무안하고 또 짠하게 돌아오는 저녁이다. 소심한 싱글녀의 임산부석 탐내기는 내 자리를 맴돌다 멜랑콜리하게 막을 내렸다. 음주측정기의 알코올 수치처럼 피로도 수치를 감지할 기기를 만들어서 평생 임산부석에 앉을 일 없는 애꿎은 마음들을 앉혀 위로하라! 청원이나 할까보다……

고 하기엔 청원거리가 너무 많더라…… 청원은 무슨 청
원…… 괜스레 홀로 쭈뼛함에 배회하는 밤이다.

내가 사랑한 역 I

지하철 환승은 두 가지다. 지하철 라인을 갈아타는 것과 지하철역을 갈아타는 것. 기간을 하루로 좁혀 호선을 갈아타면 라인 환승이고, 기간을 하루 이상으로 넓혀 역을 갈아타면 역 환승. 오늘의 환승과 당분간의 환승이라고 해도 되겠다. 쉽게 말해, 친구와의 저녁 약속으로 여의도역에서 선유도역으로 가기 위해 5호선에서 9호선으로 갈아탔다면 오늘의 환승, 주로 가로수길에서 놀다가 이태원으로 무대를 옮겨 신사역에서 한강진역으로 갈아탔다면 당분간의 환승이 되는 것이다. 지하철역의 환승은 보통 집과 회사처럼 한동안의 매일 출발지와 도착지에 좌우된다. 약속으로 보자면, 모이는 멤버의 집 혹은 회사, (미래의) 단골 가게에 따라 결정되기도 한다. 주소지를 구심점으로 하는 동선, 나와 멤버들의 기호가 지하철역을 정하고 바꾼다. 하루가 아니라 당분간이라서 지하철역에도 스토리가 쌓이고, 감정이 깃든다. 마치 연애처럼.

이대

지방에서 상경한 초짜 서울 시민 여대생은 제 학교도 아닌데 이대 앞으로 갔다. 주중에는 학생 신분으로 술을 마시고 주말에는 갓 스물 여자의 신분으로 쇼핑을 했다. 주말에는 이대였다. 역에서 내리자마자 시작되는 보세 가게들은 그야말로 블링블링의 향연이었다. 도로 양옆으로 화장품, 옷, 구두, 액세서리가 줄기차게 이어졌다. 가게에서 가게로 옮길 때마다 사고 싶은 것이 늘어났다. 두번째 가게의 첫번째 선택을 마음 한편에 저장하고도 열두번째 가게까지 가서야 여자의 쇼핑은 끝이 났다. 희한했다. 티셔츠를 사면 스커트가, 스커트를 사면 구두가 필요했다. 구매 목록은 꼬리에 꼬리를 물었다. 같은 흰색 셔츠여도 길이, 소재, 포켓 유무, 깃 모양, 단추 위치, 핏…… 더 많은 이유로 각기 다른 흰색 셔츠가 되기에, 흰색 셔츠만으로도 서랍장 하나는 채울 수 있는 지금과는 다르게, 이제부터 채워 쌓아야 하는, 패션 아이템마

저도 백지 같은 청춘이었다.

쇼핑은 대부분 판매원의 눈총을 받았다. 보기만 하고 사지는 않는 아이쇼핑(당시에는 윈도쇼핑이란 말이 있는지도 몰랐다)이 이유였다. 하나라도 판매하기 위해 눈에 불을 켜는 판매원은 불발로 끝난 세일즈에 불 대신 총을 장전했다. 눈총 받는 아이쇼핑이 즐겁지는 않아도 개의치 않았다. 무조건 날씬해 보여야 했고, 적잖이 있어 보여야 했으며, 가급적 많은 아이템을 취해야 하는데 그깟 눈총쯤이야. 서로 소득 없이 헤어지는 건 같았으나 욕을 하는 건 판매원, 먹는 건 어린 고객이었다. 매상을 올려주지 않는 어린 것들을 친절히 보내주는 가게는 거의 없었다. (쌍)욕하는 판매원을 (욕설 없이) 욕하며 다음 가게로 발을 옮겼다. 블링블링함에 넋을 잃을 일은 아직 반도 진행되지 않았다.

지하철역에서 이대 앞으로 내려가면서, 이쪽 변의 골목까지 다 훑는 것이 1부였다. 이쪽 변의 중간쯤에서 점심식사를 하고 1부의 반을 마감했다. 2부는 이대 앞에서 지하철역으로 올라오면서, 역시 골목까지 다 훑으면서 진행되었다. 1부와 2부를 공평하게 훑어주고 대여섯 개의 꾸러미를 손에 들면 얼추 쇼핑이 끝났다. 음료와 디저트를 먹으며 한 주의 주말 이대 투어를 마쳤다. 10대 부대 앞에서 쏘아올린 쇼핑의 루틴을 20대 이대 앞에서 넘겨받았다. 여자의 쇼핑은 늙지도 않는다. 이대 앞 주말 나들이는 이대 정문 앞을 두어 번 찍어야 끝이 났다. 정문 옆으로도 봐야 할 것들이 즐비했지만 역에서 학교 앞까지가 메인이었고 그만큼만 훑어도 해가 졌다. 지친 건 우리가 아니라 하루였다. 20대의 흔한 주말이었다.

강남

80~90년대 우리의 패션 트렌드는 일본을 본 딴 것이 많았다. 일본의 패션 트렌드를 가장 잘 알려주었던 건 패션잡지 〈논노non-no〉였다. 논노는 깊고 넓은 사랑을 받았는데 논노를 모르는 사람도 싫어하는 사람도 없을 정도였다. 고등학생, 대학생, 어쩌면 중학생까지도 젊은 여자라면 논노 잡지의 모델처럼 입고 싶어했고 예쁜 모델의 코디는 많은 여학생들의 책이나 필통을 커버했다. 서면이나 남포동 보세 옷집도 논노 잡지의 모델들 사진으로 벽면을 도배했다. 일본 패션은 가까운 부산을 통해 들어왔다(고 했다). 보고 접하는 것이 빠르니 부산의 패션은 남한에서 가장 핫/힙했고, 부산에서 유행한 것은 서울을

찍고 전국의 유행이 되었다. 부산 멋쟁이가 진짜 멋쟁이라는 말은 뭐, 그냥, 당연했다.

나는 어려서부터 패션에 관심이 많았고 적잖은 감각을 소유했다고 자타 인정한, 패션에 자부심 또한 꽤 탄탄한(차림이 전반적으로 마음에 들지 않거나 아이템 하나 아니다 싶은 기분이 들면 첫 수업을 놓치더라도 다시 집으로 가서 코디를 재정비하고 나올 정도의) 부산 출신이다. 패션에 자부심 탄탄한 부산 출신까지는 자타 인정하니 서로 괜찮은데, 서울에 오니 날더러 X세대라고 했다. 때는 X세대가 판을 치던 90년대. X세대는 주위의 눈치를 보지 않는 개성파로, 70년대 이후 태어나 90년대에 대학 생활을 했다. 기성세대와 달리 개인주의 사상이 강하고 어디로 튈지 몰라 미지수 X를 따서 X세대라 했다고 한다. 내가? 반문할 정도로 내 특징은 아닌 것 같았는데 사방팔방에서 X세대는 그래, 너는 X세대야라고 하니 그때부터 X세대의 특징을 소화해야 할 것만 같았다. 패션부심 탄탄한 부산 출신 X세대, 개인주의 사상과 럭비공같이 종잡을 수 없는 행동…… 이만하면 둘째가라면 서럽다 했는데, 강남에는 뭔가 밀리는 기분이 들었다. 티브이만 틀면 강남, 강남, 강남 타령에 강남이 대단해 보였던 거다. X세대 하면 강남, 강남 중에서도 압구정, 오렌지족, 외제차를 몰고 다니는 젊은이…… 미디어에서 떠드는 X세대는 강남의 X세대를 말하는 것인가? 나도 X세대인데 X세대를 알 수 없었다. 미지의 세대가 맞긴 맞았던 거다.

당시 나는 강남역에 자주 갔다. 강남 오빠랑 사귀는 중이었다. 동기 남학생들을 제치고 밑 빠진 독에 술 붓기의 밑 빠진 독으로 꼽혀 선배들의 술자리에 합류한 것이 시작이었다. 솔직히 선배가 부르니 갔다기보다 공짜 술이 있으니 갔다. 자주 부르니 자주 갔던 선배들과의 술자리는 어느 날부터 선배만 있는 술자리가 되어 있었다. 그렇게 나와 선배는 자주 술을 먹다가 어느 순간부터인지는 모르겠으나 저녁의 술집이 아닌 오후의 카페로 무대를 옮겼더란다. 오빠와 함께 만드는 연애가 무르익을 무렵, 여름방학이 왔고 지하철 파업도 함께 왔다. 오빠는 내게 그참저참해서 독서실 총무 아르바이트를 제안했다. 연애와 용돈의 그참저참이 싫지 않았던 나는 독서실이 있는 오빠 동네, 서초로 갔다. 부천에서 서초가 어디라고, 지하철도 없이 어찌 가려고, 막막했지만 지하의 길만이 길은 아니었고 도로 위에도 길이라는 게 있었다. 집 앞에서 버스를 타고 서초역에 내렸다. 독서실은 서초역에서 걸어서 도착할 수 있는 위치에 있었다. 대로 옆을 걷다가 골목으로 들어가서 아파트 단지를 관통해서…… 모르고 또 모르고 계속 모르는 길을 15분 정도 걸어야 했는데 잘 찾아갈 수 있을까 할 새도 없이 첫날부터 줄곧 마중 나온 오빠 덕에 독서실 가는 길은 어렵지도 힘들지도 않았다. 버스로 먼 거리 오느라 고생했다며 매번 나부터 챙기는 그 사람은 사람이 아니라 천사였었나보다.

대학생의 방학은 길었고 방학이 끝나기 전에 지하철은 정상 운행을 재개했다. 버스에서 지하철로 갈아탔다. 지하철은 달렸고 서초에 정차했으나 우리는 강남역으로 갔다. 낙하산 알바생인 나와 인사권자인 오빠는 서초보다는 번화한 강남역에서 퇴근 후 데이트를 했다. 이대가 쇼핑의 천국이라면 강남은 먹거리의 성지였다. 대로 근처에는 영어학원도 패션 브랜드숍도 많았지만 큰 빌딩 뒤는 네온사인을 밝힌 밥집 술집이 압도적으로 많았다. 밥을 먹고 빙수를 먹고 가끔 술을 마시고 나는 강남역으로 오빠는 집으로 갔다. 오빠를 보내고 강남역 지하에서 쇼핑 투어 스몰 버전을 실시했다. 한 달을 넘게 다녀도 교통비 말고는 돈 쓸 일이 없었다. 별다른 일이 없으면 점심, 저녁, 디저트까지 오빠가 샀다. 당연하게 즐겁게.

덕분에 배도, 지갑도 두둑하게 살찌웠다. 정신분석학에 서는 사랑이란 상대방을 위해 상대방을 기준으로 시간 을 들이는 것이라고 정의했다. 오빠는 나를 진심으로 애 정했구나. 근데 오빠는 왜 강남 오빠였을까, 서초에 살았 는데.

그 시절 이 사람 덕에 나는 서초가 서초구인 것을 알 면서도 그냥 강남이라 친다. 사랑이 끝나고 20대가 지나 고, 강남역은 자주 가는 역에서 제외되었다.

내가 사랑한 역 Ⅱ

학동

엄마가 그러셨다. 강남, 강남 노래를 부르더니 좋겠다고. 제가 언제 노래를 불렀다고 그러세요…… 잠시 잠깐 병에 걸린 적은 있었던 것 같다. 광고 회사는 강남에 많았고 강남 주소의 명함을 내밀어야 일 좀 하는 회사를 다니는 것 같았기 때문이다. 강남에 위치한 회사를 다니면 좋았던 것이지, 강남에서 살고 싶었던 것은 아니다. 첫 회사는 강남이었고, 이후 마포로 갔다가, 다시 강남으로 돌아와 카피라이터로 업을 이어갔다. 이때까지만 해도 부천에서 부모님과 함께 살았다. 함께 사는 것 같지 않게. 엄마는 잘 펴놓은 침대 이불이 흐트러진 걸 보고 나의 생사를 가늠하셨다. 매일 야근하고 새벽에 퇴근하는 통에 주말 늦은 오후에서야 나는 가족과 상봉했다. 종종 주말에도 출근을 했으니 그 상봉마저도 길지 않았다. 부모님을 마주하는 시간은 한 달, 일 년을 기준으로 해야 그나마 몇 시간이라 말할 수 있을 정도였다.

오늘이 어제가 되고, 내일이 오늘이 되는 자정 무렵에 회의는 시작되었다. 회의가 끝나면 새벽 포장마차를 갔다, 아니 끌려갔다. 새벽 4~5시에 택시를 타고 집에 가면 말 그대로 떡 실신. 그래도 아침은 밝고 제안은 계속되어야 해서 오전 9시, 아무리 못해도 10시까지는 출근을 해야 했다. 8시에 집에서 나오려면 7시 반에는 일어나야 했다. 수면 시간은 두세 시간. 믿거나 말거나 그땐 그랬다. 잠이 턱없이 부족했다. 그렇지만 먼 거리의 부담은 내가 아닌 회사가 졌다. 야근 택시비가 70만 원가량 나오자 대표가 나를 불렀다. 야근 택시비를 네고(negotiation, 현장에서는 nego로 줄여 불렀다)하자고 했다. 새벽 회의, 동트기 전의 술자리, 이 말도 안 되는 스케줄을 대표가 이끈 게 아니라면 자진해서 갈 사람이 과연 있었을까. 잠 반납하고 술까지 마셔줬더니 말하는 것 좀 보라지. 그의 논리는 새벽 퇴근이니 야간 택시 이용은 당연하나, 너의 택시비는 너무 과하다는 거였다. 외부 미팅 끝에 클라이언트랑 저녁식사 겸 술 한잔 마시고 자정 즈음에 들어와 회의 소집하고, 수틀려서 성질부리다가 한 30분 화를 삭이고 다시 시작한 두번째 새벽 회의, 대안도 없이 화내고 감정을 드러낸 것 같아 무안과 미안 그 중간 즈음에서 회사 앞 포장마차에서 소주 한잔, 아니 두어 병. 너희들 고생한다 다독이는 것 같아도 비위를 맞춰야 하는 클라이언트가 아닌 비위를 맞춰주는 직원들 앞혀놓고 하고 싶은 대로 하면서 술 마시며 하루를 마감하고 싶은 습관과 욕심인 것은 당사자 빼고 모두가 알았다. 과하다는 건 이런 걸 두고 하는 말 아니던가. 고생이 많다, 야근을 줄이도록 회사 차원에서 힘쓰겠다는 말은 그 입에서 나오지 않았다. 대표가 할 말이지만 타이틀만 대표, 마인드는 그렇지 못했으니까. 네고의 뜻은 협상, 절충, 협의인데 통보하는 걸 보아하니 이 역시 대표 그릇은 아님을 증명했다고 할까. 내 의견을 두어 차례 말한 후 대표가 통보 같은 네고를 던졌다. 50만 원 주시겠단다. "이 시베리아 벌판에서 얼어 죽을, 이런 개나리를 봤나, 야, 이 십장생아!" 즐겨보던 KBS 시트콤 〈올드미스 다이어리〉에서 김영옥 배우가 이렇게 대사를 쳤었지. 그렇게 삼성역으로부터 애정을 거둬들였다. 학동역에서 새롭게 출발했다. 나는 학동역으로 갈아탔고, 삼성역은 내게 환승 이별을 당했다.

다음 회사는 논현동. 대표가 끌고 가는 새벽 술자리 동원은 없었고 내가 좋아서 마시는 술자리만 있었다는 점에서 이전 회사와는 달랐다. 야근과 새벽 퇴근은 전보다 줄었으나, 업계 생리상 크게 다르지 않았다. 한 반년, 부천에서 다녔고 적지 않은 날 새벽 택시를 탔다. 규모가 큰 회사는 나의 야근 택시비에 토를 달지 않았다. 하지만 이전 회사에서의 나쁜 경험을 생각해 회사 근처로 이사했다. 생애 첫 독립이었다. 클라이언트, 규모, 업무 환경, 보유 솔루션…… 여러 면에서 이전 회사보다 만족도 컸다. 남들 말로 집과 회사가 가까워서 좋겠다는 건 오래도록 롱디퍼슨이었던 내게 큰 장점이 되지 못했다. 지하철 7호선을 타면 환승 없이 한번에 학동역에 내렸다. 7호선은 쾌적하고 깨끗했고 갈아타지도 않으니, 멀어도 단점이 아니었다. 삼성동이라 2호선으로 출근했던 이전 회사는 매일같이 이어지는 야근과 새벽 퇴근이 아니어도 힘에 부쳤다. 부천권에서 서울 강남권으로 진입하려면 피할 수 없는 1, 2호선 신도림역 환승은 감당하기 어려웠다. 먼 건 참아도 복잡한 건 못 참을 일이었고 신도림 환승역은 복잡의 최고봉이어서 매일 반복해도 익숙해지지가 않았다. 수면 부족에 술기운까지 더한 아침이면, 그곳에서 나는 살아 있다고 말할 수 없었다. 맹목적으로 한곳을 향하는 겁나 빠른 한국형 좀비들 틈에서 멍하고 느려터진 외국형 좀비로 이리 치이고 저리 치였다.

부천에서 학동까지 지하철로 다니는 데에는 싫증을 느끼지 못했다. 예전부터 회사 근처로 이사하는 사람에게 크게 공감하지 못하기도 했다. 회사와 집의 적정 거리는 지하철로 20분 정도면 가장 좋다고 생각한다. 그게 아니면 40분, 한 시간이어도 상관은 없다. 단, 환승하지 않음을 조건으로 해야 한다. 단, 환승역은 신도림역과 교대역이 아님을 조건으로 해야 한다. 지인 중 하나는 입사할 때 회사를 고르는 첫 기준이 2호선이 아니어야 한다고 했다. 세상사 뜻대로 되지 않지만 일단 이 말에 격하게 동의하고 보는 바이다.

5년 정도 강남살이를 했다. 덕분에 학동역 일대 논현동의 생활 정보에 훤하다. 세상에서 제일 매운 닭발은 임피리얼팰리스 호텔 맞은편 빌라촌에 있다. 매운 음식에 환장하는 나를 만족시킨 유일한 이 닭발집에서 침 꽤나 흘렸다. 근처 경사진 길에 위치한 백반집은 맛과 가격도 좋지만 인간미가 넘쳐 더 좋다. 백반집과 나란히 붙은 세탁소는 조금 비싸지만 솜씨가 좋아 믿고 맡길 수 있다. 뜨끈한 갈비탕으로 해장을 도왔던 한우정육식당은 논현 고개에 있다. 코와 기관지가 약해 감기가 들면 보통 사람보다 훨씬 증상이 심한 내가, 아픈 와중에도 심봤다 싶었던 이비인후과는 강남구청역 바로 앞에 있다. 을지병원 사거리 방향의 대형 온천 사우나는 즐겨 이용했는데 다른 건물이 들어선 지 오래다. 세신 이모의 연락처는 휴대 전화에 그대로인데. 학동역 바로 앞, 분위기는 덤이었던 정갈한 맛의 이자카야. 대형마트 뒤, 주변과의 조화로 보면 거기에 있다는 것 자체가 생뚱맞으나 평점은 높이 줬던 레스토랑. 이 둘은 같은 블록에 있었다. 관세청사거리의 치과는 13년째 다니고 있다. 치과 건너편 길거리 분식집 사장님과는 치과 치료를 마치면 들러서 인사를 나눈다. 강남 언니 놀이는 끝냈지만 학동역과의 인연은 끝내지 않았다. 기분 좋은 지하철역이란 분명 있다. 학동, 학동역은 들어도, 가도 여전히 좋다.

합정

"This stop is Hapjeong, Hapjeong Station."

합정역이다. 새로운 곳을 뚫어 합정역에서 환승해보

고도 싶으나, 오늘도 합정역에 내린다. 만만함이 주는 편안함에 결국 또 같은 선택을 한다. 낯설음이 익숙함을 이기는 경우는 드물다. 직장을 옮기면서, 집을 이사하면서 합정은 예전보다 더 유력한 만남의 장소가 되었다. 합정역은 전보다 더 만만해졌다.

약속이나 모임이 생기면 우선 합정을 떠올린다. 합정은 이전에 자주 갔던 이대, 홍대와는 다르다. 업무 관련 외부 미팅에 홍대나 이대는 어쩐지 어색하다. 합정은 가능하다. 50대 선배 어른과의 저녁식사 자리도 출구만 잘 고르면 제법 있을 것 같다. 그러나 홍대나 이대는 찾기 어려울 것 같다는 생각을 떠올리고 빠르게 포기한다. 지인과의 모임, 친구와의 약속, 데이트 장소로 합정역은 방문 목적과 연령 및 성별을 폭넓게 흡수한다. 입을거리, 먹을거리, 놀거리 확보는 모든 지하철역과 역 주변 구역의 숙명과도 같지만 그 거리들이 다른 번화가보다 덜 복잡하고 무엇보다 덜 어려서 좋다. 천장 높은 카페, 양궁 쏘기, (안 해봤지만) 사금 체험, 직접 구운 빵만 소량 판매하는 작은 빵집, 가성비 좋은 와인바까지 거리를 섞어 즐길 수 있다. 늘 갔던 곳이라 질린다 싶으면 쉽게 다른 곳으로 이동하기에도 좋다. 연남, 상수, 홍대도 걸어서 금

방이다. 합정이 최고다.

합정에는 감정의 흔적이 많다. 애정이 싹트고 우정이 흔들리는 감정의 역사 같은 흔적. J와는 한번 만나면 뽕을 뽑고야 마는 종일 데이트가 패턴이 되어버렸다. 한 달에 네다섯 번을 만났던 예전과 두 달에 한번 정도 만나는 지금을 절충한 패턴이 암묵적 동의 속에 탄생하고 안착했다. 횟수와 형식은 새로운 패턴을 맞이했지만 내용은 전과 비슷했다. 파스타와 샐러드를 먹으며 다이어트를, 커피를 마시며 연애를, 와인을 마시며 커리어를 이야기하며, 깃털 같은 낮과 밤을 합정에 바쳤다. 합정에서의 밤낮은 친구와의 간격을 멀게도 가깝게도 만들었다. 덜어낸 걱정, 더해진 고민, 달라진 환경…… 내가 알던 J와 본 적 없는 J의 모습을 동시에 본다. 내가 J를 잘못 알았던가, 혼란스럽다. J의 변화는 무엇 때문일까, 조심히 재차 물어도 답은 돌아오지 않았다. 답답함과 배신감을 느꼈다. 결론부터 이야기하자면, 다행히 이해는 오해보다 넓고 깊어서 영원히 안녕할 것 같았던 순간을 잠시 안녕하는 선에서 정리해주었다. 관계는 제자리로 돌아왔다. 우리는 다시 합정에서 만났다. 영원한 안녕을 잠시의 안녕으로 돌려놓자니 어색한 공기를 극복해야 했지만 도를 넘지 않고 선을 지키려 했다. 서로의 노력을 느낄 수 있었다. 다시 다이어트, 연애, 커리어, 덧붙여 결혼, 재테크까지 이야기를 나눴다.

답답함과 배신감을 느낀 즈음, 나는 이랬던 거 같다. J의 고민을 듣고 도움이 될 만한 조언을 해주고 싶었다. 고민이 쌓이면 스트레스가 되고 스트레스가 병이 되어 자주 병원을 찾는다는 걸 알고 있었으니까. 나는 공간을 내어주는데 너는 왜 그 공간을 이용하지 않는지, 배려를 거부당하는 걸로 느꼈다. 이해하겠다고 준비하고 있는데 주인공이 나타나지 않으니 허탕을 치는 기분이었다. 나의 선한 의도가 먹히지 않자, J와의 세월을 부정하기 시작했다. 이래서 여자의 우정은 얕다고 하는가보다, 관계를 정리하려고 했다. 불편이 섞였으나 즐겁게 보내자 다짐하고 만났고, 즐거웠으나 불편도 커진 상태로 헤어졌다. 합정역을 떠나면서 오늘이 J와의 마지막이겠다 싶던 날도 있었다. 다행히 과거형이다. 못난 생각이었고, 조급한 욕심이었다는 걸 알았다. 그냥 두면 알아서 굴러갈 텐데 관계를 부정하고 억지로 정리하려 했던 내가 부끄럽다. 내가 정작 부끄러운 건 내 마음도 내가 몰랐다는 사실이다. 이해하겠다고 준비한다는 마음은 과연 진심이었을까, 이해하는 마음이 아니라 이해할 마음을 먹었던 게 아니었을까. 마음으로 하는, 순수한 이해가 아니라 머리로 하는, 척하는 이해를 하려 했던 건 아니었을까. 이해하는 마음이었으면 물어도 돌아오지 않는 답을 바로 배신감에 붙이지는 않았겠지. 말하지 않음도 이해했어야 이해라고 할 수 있다. 말 못할 사정이 있을 수도 있다는 걸 가볍게 떠올리고 아무 말 말았어야 했다. 그런데도 뭐라도 말해야 할 거 같아서 입을 뗐고, 입을 떼면 뭐라도 결론을 내야 할 거 같아서 한다는 조언은 충고조가 되었다. 그저 들어주거나 묻지 않거나 하는 것이 되레 고민의 반은 덜어주는 일이라는 걸 알면서도, 남이 말하고 글로 읽으면 알겠는데 내가 하려면 잘 되지 않았다. 충고와 조언이 저지르는 가장 큰 실수는 잘못을 지적하고, 문제의 정답같이 내뱉어진다는 것임을 알면서도 또.

친하다는 말도 우정이란 단어도 오글거려 입에 올리지 않겠지만, 관계는 한 해 한 해 뚫어 십여 년을 넘어왔다. 만나면 쓰는 건 돈 같아도 나에게, 너에게, 서로에게 마음을 쓰는 날들을 지나온 것 같다. 네 덕분이다. 합정역 덕분이다.

K와는 합정역 교보문고에서 처음 만났다. 영화처럼 책을 읽다가 우연히 만난 건 아니다. 영화 같은 일은 알다시피 현실에 없다. 합정역에 온 사람들의 동선은 대부분 합정역과 상수역 사이를 맴돌았고 우리도 그랬지만 K는 8번 출구 쪽에 강했다. 근방에 친구가 산다더니 맛집 술집을 잘도 알았다. J와는 거의 3번 출구 쪽으로만 갔는데 K를 만나면서 같은 합정역, 다른 합정을 경험했다. 연애 에피소드, 데이트 에피소드는 지난 것이든 지금의 것이든 말하는 순간 뻔해진다. 미뢰와 융털마저 설렘과 행복을 감지하던 연애가 누군들 없었을까. 모두의 연애는 거기서 거기, 다 비슷하다고 해도 나의, 우리의 연애는 달랐다라는 그 특별함이 누구에겐들 없었을까. 그러니 첫 만남, K가 고백하던 날, 나의 생일…… 뇌리에 박힌 날들이 거기 합정에 있었다고까지만.

연애란 진행중에는 핑크빛, 마감 직후에는 잿빛이 된다. 이 글을 쓰는 오늘 아침, K와의 일 년 치 사진을 다 지웠다. K의 얼굴이 나온 사진은 수개월 전에 삭제했지만 같이 간 공간까지 지우는 건 무슨 이유 때문인지 쉽지가 않았다. 관계는 죽었어도 추억만은 살게 하고 싶었는지, 추억마저 죽이는 건 못할 짓 같았는지. 부산, 통영,

춘천, 일산, 남산, 경복궁…… 합정에서 찍은 사진은 가장 먼 과거로 남아 있었다. 두번째 만난 날이었다. 사진을 지우는 데에는 용기가 필요했다. 이별 직후 합정역에 가는 것처럼. 친구, 지인과의 약속 장소를 정할 때면 어김없이 등장하는 합정, 그리고 K. 1+1처럼 합정, 하면 K가 자동으로 떠올랐다. 합정의 어디를 갈까, 채팅창에 운만 띄우고는 합정역에 가면 혹시 K를 마주치지 않을까, 기대인지 두려움인지 모를 기분에 잠겼다. 눈이 마주치면 어떻게 하지, 말을 걸어오면 뭐라고 할까, 새 여자친구와 나란히 있다면…… 있지도 않은 장면을 만들어 대사를 붙이곤 했다. 이별 후, 세상이 무너진 듯 생의 마지막 남자를 잃은 것처럼 난리를 쳤었다. 네가 나를 잃은 거다, 미워도 했었다. 서로 안 맞았던 것일 뿐 그 이상도 이하도 아니었더라. 세상은 잘만 돌아갔고 남자도 많았더라. 한 일 년 지나니 우물 안의 생각이 우물 밖으로 나왔다. 탈탈 털어도 이성의 감정 하나 남지 않고 먼지만 날리는 걸 보니 애정의 불이, 내 안의 그가 완전히 꺼졌음을 확인한다.

K, 죽었는지 살았는지 모르겠지만 살아 있다면 건강하게 잘 살아주겠니. 많은 날 눈 맞추고 몸 비볐는데 이

정도의 기원은 할 수 있겠지. 존재도 모르던 인물이 애정의 대상이 되었는데 감정과 시간에 대한 예의는 조금 남겨도 나쁘지 않겠지. 혹시라도 마주친다면, 한 번쯤은 마주쳐야 한다면, 너무 먼 미래가 아니었으면. 온 세월을 혼자, 정면으로 맞아 폭삭 늙은 모습이 아니기를. 애써 곱게 늙기를. 그리고 마주친다면 커플이어도 좋으니 너무 좋아 보였으면. 예의로라도 내 안에 짠한 마음이 들지 않게, 그래주겠니.

이별 후 얼마 지나지 않아 유산슬의 〈합정역 5번 출구〉가 떴다. 유산슬의 화려한 복장과는 다르게 노래가 나올 때마다 내 머리 위에선 먹구름이 떴다. 하필 합정역이야 왜. 합치면 정이 되는 합정인데 바람은 불고 사랑은 울고. 어쩌자고 가사는 또 이래.

어차피 바람은 불고 사랑은 운다. 부는 바람과 우는 사랑의 뻔한 속성에 합정역을 내어줄 생각이 없다. 어쨌거나 나는 합정역으로 가련다. 참새가 방앗간을, 곰 푸가 벌꿀 통을 그냥 지나칠 수 없듯이 사랑이 지나갔다고 합정역을 모른 척할 내가 아니다. 가슴에 생채기를 내는 지난 사랑과 이별에도 아랑곳하지 않고 합정역은 당분간의 환승역에서 지금껏 최애역으로 여전히 견고하다. 사랑보다 깊은 상처보다 합정역, 오래도록 만만하여 좋을 나의 합정역.

지하철 급 논란

그런 순간이 있다. 하나의 일로 인해 이전의 일들이 줄줄이 떠오르는 순간. 당시에 겪고 마는 줄 알았는데 과거의 어떤 일은 한참을 지나 다른 어떤 일로 연결되고 엮이며 깨달음을 주는 그런 순간이 있다. 붙을 거 같지 않은 지하철과 급級을 붙여놓은 하나의 사건도 그러했다.

논란 1

서른 후반, 마흔 줄 남녀의 만남을 뭐라고 부르면 좋을까. 소개팅? 결혼 평균 연령도 높아졌으니 이 나이대 남녀의 만남을 소개팅이라 불러도 무리는 없겠다. 맞선? 이십대 후반, 서른 초반은 지났으니 맞선이라고 해도 무방하겠다. 하지만 둘 다 썩 내키지 않는다. 소개팅이라는 말은 너무 어려 보이고 선이라는 말은 왠지 엄숙하다. 새로운 단어도 딱히 없으니 선과 소개팅, 둘 중에서 하나를 골라야 할 판인데, 어리기도 엄숙하기도 싫으니 적당한 선에서 선팅*이라고 하련다. 선 같은 소개팅, 선팅. 나이 먹을 만큼 먹은 3545 남녀의 만남을 일컫는 신조어로 정하고 가자. 그래야 껄끄럽지 않은 마음으로 입에, 손에 붙일 수 있을 것 같다.

마흔 하나, H는 얼마 전 선팅을 했다. 직업, 외모, 불편하지 않은 톡 대화. 이 정도에서 오케이하면 만나지는 게 남녀의 만남이어서 둘은 당연한 수순으로 만날 약속을 잡았다. 선팅 전, H는 말했다.

"언니, 솔직히 이 남자 딱 내 스타일이야. 나 진짜 잘해보려고."

"잘해봐! 끝나면 전화하고."

입을 다한 응원이었다. 마음에서 우러난 응원이었지

---

* 자동차 썬팅sunting은 아니니 구분하여 이해하기 바라며, 중국어 사전(에듀월드 표준한한중사전)에 '선팅'이 등재되어 있음을 발견했다. "[명사] 男女经人介绍见面nánnǚjīngrénjièshàojiànmiàn,남녀가 서로 사귀기 위하여 다른 사람의 소개로 만나는 일." 소개팅과 비슷한 의미인 것 같다. 발음은 자동차 썬팅처럼 '썬팅'으로, 표기는 '선팅'으로 되어 있다. 썬팅과는 의미가 다르니, 된소리로 발음하지 않으면 되겠다.

만 마음을 다하지는 못했다. 진짜 잘되어서 H의 염원대로 커플이 되면 좋겠지만, 놀 사람 하나 사라져 내가 심심할 걸 생각하니 좋지만도 않았던 거다. 선팅을 마치고 H로부터 전화가 걸려왔다. 얼마 전 주식을 하기 시작해서 재미를 느끼는 중인 점, 좋아하는 영화와 음식에 공통점이 있다는 점, 그리고 요리에서 운동으로, 아무튼 대화가 잘 이어졌다고 했다. 나는 직감했다. 취미 생활을 늘리고 정신없이 바삐 지내야 한다고. 걸리는 부분도 없지는 않았지만 대체적으로 좋았다는 H의 말투는 기대에 차 있었다. 나는 다짐했다. 혼자서도 잘 노는 초고수가 되겠다고. 내일을 위해 마스크팩을 하고 푹 자라고, 마음을 다한 응원으로 통화를 마쳤다. 설렘 가득한 H는 이미 오늘부터 1일을 찍은 것 같았다. 그런 H에게 마음을 다하지 않을 수 없었다. 혼자서도 잘 노는 고수는 미래형이 아니라 현재형이 되어야 했다. 예상대로 H는 썸으로 진입했다.

　등산, PT, 요리, 손뜨개질, 드럼. 소소하나 시간을 들여 결과물이 쌓일 때쯤 H로부터 연락이 왔다. 합정역에서 만난 H와 나는 잘 지냈는지 동시에 안부를 물었고 또다시 동시에 입을 뗐다. 그 남자와의 진행에 대해 나는 물었고 H는 답했다. 끝냈어, 라고. 끝났어가 아니고 끝냈어? 자리를 옮겨 짧고 굵었던 남자와의 만남에 대해 들었다.

"잘돼가는 거 같더니만, 왜, 뭔데, 네 스타일이라며."

"그치, 내 스타일이었지. 아, 근데…… 그 남자 차도 없고 면허도 없대. 초반 몇 번은 그러려니 했는데 뒤로 갈수록 이건 아니다 싶은 게, 걷고 지하철 타고, 걷고 지하철 타고…… 차려입고 나갔는데 더워 죽겠지, 다리 아프지. 네번째부터 슬슬 짜증이 나더라고. 마흔 넘어서 지하철로 데이트하는 건 좀 아니지 않아? 것도 한두 번이지. 무슨 말인지 알지? 나, 너무 속물인 거야?"

무슨 말인지 알 것 같았다. 나도 나이 지긋한 연애를 지하철 데이트로 했던 터라 H가 어떤 기분이었는지, 왜 불편했는지 짐작이 되었다. 다행히 그때 그 사람은 면허가 있어서 국내 여행이나 시외 나들이에 차를 끌고 나오기도 했는데, H의 선팅남은 둘 다 없었으니 좀 그렇긴 했다. 면허라도 있으면 차를 빌릴 수도 있었을 텐데, 선택의 여지가 없다는 게 H를 더 답답하게 했던 것 같다. 선팅남처럼 H도 차와 면허가 없다는 게, 두 사람 중 한 명이라도, 라는 여지가 없다는 게 나는 조금 더 답답했다. H는 묵힌 감정을 쏟아냈다. 다시 새 기분으로 나갔지만 불만은 사그라지지 않았다고 했다. 저번과 같이 또 덥고 다리 아프고를 반복해야 만남이 끝났고, 짜증을 누르고 괜찮은 척하는 데이트도 점점 스트레스가 되어갔다고.

마흔 넘어서 지하철로 데이트하는 스스로가 너무 싫었고, 저보다 나이 많은 마흔 중반의 남자가 차도 면허도 없다는 사실을 이해할 수 없다고 했다. 뭐하느라 남자가 차도 면허도 없느냐는 말도 덧붙였는데, 그렇게 말하기엔 H도 둘 다 없으니 이 부분은 동조하지 않았다. 다만, 몇 차례의 경험으로 오늘도 피곤과 짜증으로 마무리될 것을 알면서 시작하는 데이트, 다스리고 다잡아도 쉽게 망가지려 하는 여자의 기분은 모르려야 모를 수가 없었다. 차가 있더라도 차종에 따라, 국산인지 외제인지에 따라 급이 주는 차이가 분명 다른데 차가 없다는 건, 그렇게 따지면 급이랄 게 아예 없는 것 아니냐고, 스스로도 머쓱할 말들을 이어 붙였다. H는 많이 흥분해 있었고 졸지에 남자는 급이랄 게 없는 남자가 되어버렸다. 사람은 부정적 감정이 격해지면 내가 얼마나 힘들었는지 공감받기 위해 과장된 표현을 하기도 하는데 과장은 대개 내게 힘든 감정을 느끼게 한 대상을 완벽히 이상한 인물로 만들어 나는 조금도 이상하지 않은 사람이 되는 것으로 책임소재를 확실히 구분지음으로써 끝이 난다. 대상을 죽이고서야 내가 살 것 같은 그런 기분이 있긴 있는 것이다. H는 기대가 컸던 만큼 실망이 큰 듯했다. 결승점에 다다를 수도 있었던 연애 스토리가 원점으로 돌아가다니, 또, 또, 또다시 누군가를 찾아 만나야 하다니, 그래나도 지겹긴 하다.

H는 하나도 속물 같지 않았다. 샤★ 백은 남자에게 어필하기보다 같은 여자의 질투와 부러움을 사고, 파텍 필★이나 오데마★게 시계는 같은 남자의 경쟁심을 부추긴다. 고가품은 동성 간에 유효한 경쟁이라고 하지만 차만큼은 양성에게 어필되는 품목이다. 성별이 구분된 아이템이 아닐뿐더러, 보다 직접적으로 경제적 여유를 드러내기 때문이다. 고가의 외제차를 선호하는 것에 대해 어릴 적 잠깐 갖는 허세와 과시로 생각하는 사람도 없지 않다. 하지만 나이와 상관없이 고가의 외제차를 찍어 프로필 사진으로 써먹는 남자도 적지 않다. 오랜만에 만난 친구의 차가 국산에서 외제로 바뀐 걸 보면 잘 나가는구나, 돈 좀 버나보다 짐작하는 것도 같은 맥락이다. 노력이 능력이 되고 능력의 결과 중 하나가 고가의 수입차로 해석되는 것이다. 노력이 능력이 되는 구간을 스킵하는 경우

도 있겠지만. 그냥 쉽게 말해, 소형 국산차와 중형 수입차를 공짜로 준다고 했을 때 무엇을 고를 것인지 생각해보면 쉽다. 자본주의 아래 당연한 선택에 모두가 속물이기도, 아무도 속물이 아니기도 하다.

한 시간 남짓 H의 거친 생각과 불안한 눈빛을 지켜보던 나는 그녀의 속상한 기운까지 고스란히 넘겨받았고 전염이라도 된 듯 선팅남을 원망했다. 이 못난 놈, 훤칠하기만 하고 센스가 없었구나. 경험 위주의 데이트를 계획했다면 지하철이 두드러지지 않았을 테고, 그런 계획에도 불구하고 불거진 사태라 하더라도 그 훤칠한 스타일 어디다 쓰려고, 얼마든지 필살기를 발휘할 수 있었을 텐데, 그러면 H는 커플로, 나는 혼자놀기 초고수로 진입해서 각자 잘 먹고 잘 사는 거였는데. 아쉬움을 남기고 H의 썸이 또 끝났다. 나 역시 H의 짧은 만남에 아쉬움이 남았지만 차가 없으면 급이랄 것도 없다는 말이 더 귀에 남아, 마흔을 훌쩍 넘어 차 없이 지하철을 타는 나는 무슨 급일까 하는 생각에 잠겼다.

논란 2
영화 〈신세계〉, 〈부당거래〉, 〈베테랑〉, 〈아저씨〉를 딱 한 번만 본 사람은 거의 없지 않을까. 영화 채널에서 한 번만 보기 어렵도록 자주 방영하기 때문이기도 한데, N차 방영과 시청은 어찌되었거나 대중성 있게 잘 만들어진 영화라는 증거다. 영화 채널에서 신작으로 〈설국열차〉를 방영했다. 신작으로의 첫 등장은 곧 쭉 등장을 의미하는 것이니 〈설국열차〉도 다른 영화들처럼 틀면 나오는 영화가 되었다. 그렇게 〈설국열차〉도 네다섯 번은 본 것 같다. 연기와 대사, 캐릭터 간의 케미, 빠른 전개, 액션과 스케일, 영상미 등 잘 만든 영화를 반복 감상하는 이유는 차고 넘치지만, 〈설국열차〉의 잦은 감상은 단연 배경 설정에 있다. 원작인 프랑스 만화를 읽지 않아도 엄지척 할 수 있을 정도로 연출이 탁월하고, 탁월한 연출은 배경 설정에 기인하니 짜임새가 좋을 수밖에. 〈설국열차〉의 배경을 한 줄로 요약하면 이렇다.

'기상이변으로 지구는 얼어붙고 살아남은 인류는 달리는 열차에서 함께 그러나 주어진 계급대로 살아간다.'

머리 쪽에는 상류층이, 꼬리 쪽에는 천민층이 산다. 상류층은 음식, 문화, 유흥까지 호화롭고 여유로운 반면, 천민층은 춥고 더러운 공간에서 통제를 받으며 배급받은 최소 식량으로 연명한다. 열차 내 2인자, 메이슨 총리는 꼬리 칸의 사람들에게 말한다. "You belong to the tail. I belong to the front. Keep your place!"

꼬리 칸에 사는 자의 삶은 꼬리. 자르면 잘려나가는 것이 꼬리의 삶이자 너희들의 가치이고, 머리와 꼬리의 삶은 처음부터 정해졌으니 주어진 대로 받아내며 살라고, 삶을 주입하고 명령한다. 열차의 칸은 단순한 위치와 자리가 아닌 삶과 가치를 의미했다. 많은 이들이 이 영화의 설정을 실제 삶과 비슷하다고 했다. 수평적 공간에서 평등하게 사는 것 같지만 실제로 극심한 빈부격차가 존재하는 이 사회는 지위와 신분에 따라 운영되는 철저한 계급사회라는 사실이 말이다. 영국 영화 〈하이-라이즈 High-rise〉도 구도가 비슷하다. 〈설국열차〉와는 달리 수직적 공간인 고층아파트를 무대로 한다.

사회적 메시지를 담은 영화는 불편하다. 무겁고 리얼하다. 하지만 즐겨 본다. 불편한데 즐겨 본다니 아이러니하지만, 나는 영화에서 현실을 제대로 무겁고 리얼하게, 가급적 불편하게 다루면 그때 사회와 현상을 짚어보는 경향이 있다(고 생각하는 것 같다). 내가 현실감각이 떨어지는, 영화를 좋아하는 부류라 그런 건지도 모르겠다. 그리하여 〈설국열차〉도 몇 개의 의문을 돌려주었는데, 지구상 유일한 공간과 생존자인 이웃을 두고 서열을 나누는 인간이라니 1) 인간은 계급사회를 지향하는가 2) 애초부터 평등이란 생존하기 어려운 개념인가 3) 계급의 파괴는 가능한 것인가, 그렇다면 무엇으로부터 가능한가 4) 계급의 기준은 무엇이 되어야 바람직한가 하는 것이었다.

이 질문들은 며칠 밤 내 머리 속을 지배하려 했다. 인간과 계급, 평등과 생존, 파괴와 기준이라…… 대입용 시험 말고는 묵직한 주제를 진득이 담아본 적 없는 나의 뇌는 며칠씩 반복되는 이 질문들에 버거움을 호소하며 온 주름을 다해 거부했다. 어려운 주제가 머리를 점령하자 이내 정신이 무릎을 꿇었다. 답은 고사하고 생각만으로도 곯아떨어졌다. 덕분에 며칠 꿀잠을 잤고, 1+1의 현문우답을 건졌다. 며칠 밤의 물음표가 나보다는 계급이 높았다는 사실. 계급의 지배도 정신을 잃지 않은 놈에게나 먹힌다는 사실. 고음의 후렴구, 마이크를 청중에게 돌리는 가수처럼 네 개의 질문을 책 밖으로 보내는 바이다.

논란 3

엄마와의 주말 나들이를 마치고 집으로 돌아가는 길

이었다. 엄마는 노약자석에 앉으셨고 나는 엄마 앞에 섰다. 나란히 앉지 못했고 한참을 가야 했으므로 대화는 길지 않았다. 엄마는 눈을 감은 채로 나는 이어폰을 낀 채로 목적지까지의 시간을 따로 보내는 중이었다. 노래 위로 생각이 오갔다. 엄마를 보며 '차로 모셨으면 좋았을 텐데⋯⋯' 하다가, 창밖을 보며 '아직 운전은 무서운데⋯⋯' 하며 두 가지 생각이 오락가락. 큰마음 먹고 주말 출근에 차를 몰고 나섰다가 대형 사고를 낼 뻔했고 그 이후로 운전대를 잡지 못한 즈음이었다. 머릿속 한 단어, '불효'가 현관 센서 등처럼 켜졌다 꺼졌다 반복하며 기분을 다운시키고 있었다. 그러던 중 소란이 감지되었다. 또 소란⋯⋯ 내게는 익숙한 일이지만 이 소란통에 엄마가 앉아 계신 걸 보니 불효의 불이 더 크고 밝게 켜지는 것만 같았다. 잠깐 모른 척하면 지나가겠지 싶었던 소란은 잠재워지지 않았다. 음악을 끄고 이어폰도 뺐다. 내게서 몇 걸음 떨어지지 않은 곳에 서 있는 중년 여인의 목소리였다. 뒷모습만 보아도 여인은 차림이 나쁘지 않았다. 결혼식장에 다녀오는 길인지 머리부터 발끝까지 빈틈없이 꾸민 모양새였다. 목소리는 이내 큰소리가 되었다. 하지만 무슨 일인지 감이 잡히지 않았다. 싸움의 상대가 보이지 않아 여인 혼자 소리지르는 것 같았는데 여인의 큰소리 속에는 분명 너라는 대상이 있었기 때문이다. 큰소리는 고함으로 바뀌었다. 대학생 즈음으로 보이는 여자가 여인을 날카롭게 쏘아보았고 그 모습을 나는 여인의 어깨 너머로 보았다. 어린 여자는 중년 여인에게서 눈을 떼 창밖을 보았고 대꾸 없이 고함을 버텼다. 중년 여인이 급기야 어린 여자를 제 쪽으로 돌려세웠다. 어린 여자의 동요 없는 모습이 중년 여인의 화에 기름을 들이부은 것 같았다. 주말 오후의 1호선은 주말이란 말이 무색할 정도로 사람이 많았다. 학생은 원래 그 자리에 서 있었고 여인은 좀 전에 타서 학생 근처에 서게 되었는데 비좁은 탓에 자리다툼을 한 듯했다. 여인이 대놓고 밀고 학생이 은근히 버티다가 소란이 된 것 같았다. 이런 소란, 하루이틀도 아니고 그러려니 하려던 참에 여인의 목소리가 선명했다.

"야, 너 뭐야, 새파랗게 어린 게."

"……"

"너 내가 누군지 알고 이래? 내가 지하철이나 탈, 그런 급으로 보여? 어디서 건방지게."

"……"

돈 많은 집 사모님께서 백화점에 들렀다가 성에 안 차는 대우를 받고 직원에게 갑질하는, 뉴스 같은 상황에 아침드라마 같은 저 멘트가 지금 여기에서 온에어 될 게 뭐람. 중년 여인은 입을 열 때마다 스스로 수준이 낮은 사람임을 증명했고 공공의 적을 자처했다. 속사포같이 날리는 불호령에도 어린 여자는 눈 하나 꿈쩍하지 않았다. 날벼락 같은 여인의 망발에도 승객들은 힐끔 쳐다볼 뿐이었다. 가만 못 있겠는 건 나 하나뿐인 것 같았다. 정말 나만 이런 건가 두리번거리다 엄마와 눈이 마주쳤다. "엄마도 들었어?" 대답 대신 내 손을 잡은 엄마는 "교양이 없는 사람이네. 모른 척해라" 하고 미소를 지으셨다. 엄마의 촌철살인에 속이 후련해졌고 엄마의 미소에 흥분이 한풀 꺾였다.

사람은 그 자체로 급을 매길 수 없다. 성적이나 스펙을 등급으로 나누고 등급이 사람을 대변하기도 하지만 이는 목적과 구분을 위한 수단으로, 등급은 사람이 아닌 사물에 붙이는 기준이라야 맞다. 사람 대 사람으로 누가 누구를 고급이다 저급이다 평가할 수 있을까. 사람의 어떠한 면을 두고 고급스럽다고 하지, 그 사람 자체를 고급이라고 하지 않는다. 외면을 보아하니 고급스럽게 꾸몄고, 말하고 행동하는 것을 보아하니 (내면에서 나오는 것이긴 하나 그 속을 다는 알 수 없으니) 대략 고급스럽다, 교양 있다고 하는 것이다. 다만, 품위와 수준으로 인물의 정도를 가늠할 수는 있다. 럭셔리의 반대말은 가난함이 아니라 천박함이라고 했다. 품위와 수준은 겉에서 보이는 것이 아니고 생각과 말, 태도와 행동으로 안의 것이 밖으로 서서히 드러나는 것이다.

지하철 소란의 발단이 누구인지는 중요치 않다. 설사 어린 여자가 먼저 시비를 걸었다 해도 중년 여인이 뱉은 말로 어린 여자의 잘못은 있어도 없는 것이 되어버렸다. 요란했던 중년 여인은 그래서 고급스러웠으나 천박했고, 침묵했던 어린 여자는 그래서 평범(아니 욕도 말도 한번 하지 않았으니 몹시 비범)했으나 고급스러웠다. 어떤 행동도 말도 하지 않았던 그날의 승객들도 대단히 고급스러웠다. 지하철이나 탄 사람의 대표로서 나서지 않은 나도 참길 잘했고 나를 눌러준 엄마의 멘트와 미소는 더할 나위 없었다. 그날의 지하철은 참으로 럭셔리했다.

내가 누군지 아느냐고 소리치는 중년 여인이 누군지는 그날 그 칸의 누구도 몰랐던 것 같다. 하지만, 괜찮지 않은 사람이라는 건 모두 다 확실히 알았다.

논란 4

지하철을 탄다는 것이 삶의 수준이나 사회적 지위로 받아들여질 일은 아니다. 20대 신입도 40대 억대 연봉자도 지하철을 타고 다닌다. 지하철은 편리한 교통수단으로서의 역할을 잘 수행하는 중이고 우리는 생활자로서 지하철을 잘 이용하면 그만이다. 사실 지하철 안에서 일어나는 소소한 일은 급 논란이랄 것도 없다. 진짜 급 논란은 지하철 밖, 지하철역에 있었다.

내가 지하철에 바라는 게 있다면 지하철 내부 컨디션이 좋아지거나 기능적으로 빨리 달리는 것, 환승역과 화장실 등 역사 내부 편의시설이 좋아지거나 스크린도어 등 안전 측면이 개선되는 정도이다. 지하철 이용객의 바람이란 대충 이런 것이다. 이런 내가 지하철을 탈 때, 누군가는 지하철을 타지 않고 지하철역을 보았다. 지하철에 불만과 바람을 가지면 나 같은 이용객이고, 만족과 기대를 품으면 역세권 시민이거나 투자자다. 인터넷에 지하철을 검색하면 연장개통, 최대 수혜지, 호재, 프리미엄 같은 단어와 연관된 콘텐츠들이 줄줄이 뜬다. 사람들은 내가 사는 동네에 지하철이 개통되는지, 연장은 안 되는지 촉을 세우고 있다. 학교를 가고 직장을 가기 위해 올라탄 지하철은 이후 부동산 재테크의 핵심 요소가 되어 수익을 맛보게 한다. 지하철은 내게 여전히 교통수단으로써 순기능을 다하고 누군가에게는 이미 혹은 앞으로의 수익 요소로 순기능에 경제적 가치를 더해준다.

복잡한 지하철은 싫지만 가까운 지하철역은 좋다고 한다. 출퇴근하는 직장인은 물론이고 월전세를 사는 임차인도, 월전세를 주는 임대인도 아무튼 집값을 올려주니 좋다고. 지옥철로 불리는 천덕꾸러기였다가 재테크의 일등공신 꿀단지였다가, 지하철의 반전 매력이야말로 급이 다르다. 프리미엄급이다. 중급, 고급이 주름 잡을 데가 아니다.

매너손과
여성 전용칸

우선 매너손이 무엇인지부터 이야기해야겠다. 매너손이 무엇인지 잘 모르더라도 듣고 보니 대충 짐작이 될 텐데, 그 짐작이 얼추 맞다. 신조어는 줄임말을 제외하고 대부분 상황과 행동에서 떠오르는 단어들의 합으로 탄생하기 때문에 매너손도 '매너＋손'으로 구분하면 그 정의에 가까워진다. 매너손은 티브이 프로그램이나 연예 기사에서 자주 볼 수 있다. 제작발표회에서 포토타임을 위해 남자연예인이 여자연예인의 어깨나 허리를 감싸며 포즈를 취할 때 남자가 손바닥은 닿더라도 손가락을 편다거나, 감싸는 손 모양을 하고는 있지만 여자의 몸에서 간격을 띄워 접촉은 하지 않는 식의 손 모양을 두고 매너손이라고 한다. 드라마나 예능 프로그램에서 남자가 여자를 업을 때 허벅지를 감싸지 않고 주먹을 쥐는 경우가 있는데 역시 매너손이다. 미국 버락 오바마 대통령도 매너손으로 화제가 된 적이 있다. 영부인 미셸과 에어포스원에 오르는 순간 돌풍이 불어 미셸의 치마가 바람에 훅 올라가려는 찰나, 오바마가 미셸의 치맛자락을 재빠르게 감싸서 위기를 모면한 것이다. 당시 기사에서도 버락 오바마의 순발력 있는 매너손이라며 헤드라인을 썼다. 보통은 남자가 여자에게 신체적 접촉으로 불편을 주지 않도록 손으로부터 나오는 배려를 가리키는 말이어서 매너손이라고 한다. 사실 매너손은 지하철에서 먼저 등장했다.

지하철 매너손은 1990년대에 데뷔했다. 90년대 나는 대학생과 직장인으로 지하철을 이용했는데 당시 출근 시간의 지하철은 지금과 비교할 수 없을 만큼 복잡했다. 과거의 지하철은 라인이 적고 운행 범위가 좁아서 복잡한 게 당연했다.* 지금의 지하철은 라인이 많아지고 운

---

* 지하철은 짧은 구간으로 우선 개통하여 운행하고 이후 연장하는 형태로 노선을 확장시킨다. 1, 2, 3, 4호선의 개통과 영업 시점은 70~80년대이며 80~90년대에 구간 개통을 하고 2호선을 제외한 모든 라인이 현재까지 연장 개통 계획을 진행중이다. 나머지 라인인 5, 6, 7, 8, 9호선도 같은 형태로 90년대와 2000년대에 개통하여 현재까지 노선을 확장하고 있다. 일례로 7호선은 1996년 장암과 건대입구 구간으로 운행을 시작하였다. 이후

행 범위가 넓어졌는데도 여전히 복잡하니 지하철은 복잡의 DNA를 갖고 태어난 게 분명하다.

　콩나물시루, 샌드위치 어떤 말을 갖다붙여도 당시 지하철의 복잡함을 설명하기에 턱없이 부족하다. 실제로 나는 심한 압박으로 가슴이 눌려 숨을 못 쉴 것 같은 지경에 이른 적도 있었다. 사람 사이에 낀 팔은 뺄 수도 없었고 고개도 돌릴 수 없을 정도로 정말이지 빈틈이 없었다. 움직일 수 없는 상태로 밀착되어 있으면 많은 사람은 제각각이 아닌 마치 하나의 큰 덩어리가 된 것같이 느껴졌다. 초고도 밀착은 그것만으로도 충분히 불편하고 불쾌하다. 닿았을 뿐인데 만진 것으로 오해하는 여자들과 분명 만졌는데 닿았을 뿐이라고 발뺌하는 남자들이 서로 불편하고 불쾌하다. 그래서 배려보다는 오해와 불쾌를 피하고자 매너손이 등장했다. 그때의 매너손은 최근에 언급되었던 두 손을 모으는 기도 자세와 다르게 양손을 위로 하는 만세 자세였는데, 극소수의 남자 승객만이 만세 매너손을 했다. 내 팔도 내 마음대로 들어올

2012년에 연장 개통하여 인천 및 부천에서 강남을 관통하는 지금의 노선으로 완성되었는데, 이는 불과 9년 전의 일이다.

릴 수 없는 상황에서는 매너손이고 뭐고 나부터 살고 봐야 했으니 불가했고, 복잡은 하지만 살 만한 상황에서는 굳이 남을 위해서 만세손을 할 마음과 체력이 없어서 불가했을 것이다. 정확히 언제인지 모를 시작처럼 지하철 매너손은 인식도 못하는 사이 사라졌고 등장 시점이 비슷했던 여성 전용칸도 함께 사라졌다. 여성 전용칸은 지하철 1호선 맨 앞뒤 칸으로 출퇴근 시간에 운영되었는데 나도 자주 이용했다. 많은 여성이 길게 줄을 서서 여성 전용칸을 탔으니 널찍한 것은 아니었지만 남자와의 초고도 밀착을 피할 수 있다는 원래의 목적만큼은 충분히 이룰 수 있어 이용할 만했다. 하지만 고요와 평화는 언젠가는 깨지기에 소중하다는 걸 증명이라도 하듯 이내 훼방꾼이 나타났다. 여성들로만 채워진 칸이 생기자 여성에게 몸으로 반응하는 남자가 여성 전용칸으로 옮겨왔고 칸의 끝에서 끝을 반복해서 오가며 여성의 몸을 터치하기 위해 의도적으로 팔을 휘저었다. 밀착을 추행의 기회로 삼는 놈은 언제나 있었고 여성 전용칸은 그 전용 무대가 되어주었던 것이다. 2011년, 여성 전용칸이 부활할 뻔했다. 지하철 성추행이 증가세를 보이고 지하철이 대표적인 성추행 장소라는 오명을 입자 서울시는 여성 전용칸 설치가 불가피하다는 입장으로 시행을 추진하려 했다. 하지만 늘 문제시된 실효성과 역차별로 반대 의견이 들끓더니 결국 무산되었다. 배려는 차별과 대립되고, 범죄 예방은 실효와 양립되는, 답 없는 문제였다. 어쩌면 애초부터 풀리지 않을 문제였는지도 모른다.

나는 페미니즘을 따르지도, 한남충을 지지하지도 않는다. 그저 한 30년 지하철을 탄 사람일 뿐이다. 하지만 여성이라는 이유로 엉덩이 잡히고 허벅지 훑어진 경험이 있다. 내가 특이해서라기보다 지하철 성추행은 불행하게도 보통 여성들의 보편적 경험이 되어버렸다.* 지금까지 엉덩이는 서너 번 잡혔으려나. 소스라치게 놀라서 돌아보면 누군지 알 수 없었고, 옆자리에서 대놓고 허벅지를 만졌던 놈은 내가 쳐다보자마자 오히려 욕설을 퍼부었다. 누군지 알아도 할 수 있는 건 없었다. 이런 불쾌

---

* 2016년 전국 성폭력 실태조사 결과보고서에 따르면, 지하철에서 발생하는 범죄는 지속적으로 증가하는 추세(2012년 1,783건 → 2017년 3,123건)다. 이중 가장 높은 비율을 차지하는 것은 성범죄로 여성을 대상으로 한 성추행 발생 장소는 지하철, 버스 등 대중교통 시설(78.1%)이 가장 많았고 피해 횟수는 2회(36.0%), 1회(31.6%), 3~5회(28.6%) 순으로 나타났다. 또한 가해자 유형은 모르는 사람이 87.8%이다. 여성들의 성추행 피해 경험은 대중교통 시설에서, 모르는 사람으로부터, 1회 이상으로 요약할 수 있다. (2016년 전국 성폭력 실태조사 결과보고서, 여성가족부, 2017년)

한 경험은 몇 번 겪었음에도 불구하고 당할 때마다 처음 겪는 일처럼 속수무책만 반복했다. 한 개그우먼이 알려준 성추행 대처법은 추행범을 당황하게 만들 수 있어서 꽤 괜찮을 것 같아 기억하고 있었지만 실제 상황에선 떠오르지 않았다. 추악한 면상을 바로 쳐다보기도 싫을뿐더러, 욕설까지 들으니 그만 얼음이 되어버렸고, 추행보다 더한 해코지를 당할까봐 두려웠다. 추행범을 비웃듯 입꼬리를 올리며 "좋냐?" 말할 비위나 배짱은 앞으로도 없을 것 같다.

지하철의 모든 남자가 잠재적인 성추행범도 아니고 모든 여자가 성추행 피해 신경과민도 아니다. 소수 성추행범의 잘못을 마치 모든 남성이 한 것처럼 일반화하지 말라는 말에도 일리가 있다. 성추행을 겪거나 목격한 여성이 예민해지는 것 또한 동일 선상에서 일리 있으며 당연하다. 여성의 예민함은 치욕스러운 경험을 두 번 다시 겪고 싶지 않아서 스스로를 보호하기 위해 몸과 마음이 반응하는 것, 그 이상도 그 이하도 아니다. 적극적인 공격에 적극적으로 방어하겠다는 의지로 이해되어야 한다. 지금부터 하는 말은 내가 여자라서, 성추행범은 거의 남자라서 하는 것이 결코 아님을 밝히지만 아무래도 남성을 향하는 말이 될 것 같다. 그저 모두의 신체는 소중하다는 측면에서, 나의 신체 특정부위가 무방비 상태에서 남의 손에 들어가면 그 기분이 어떨지 상상해보기 바란다. 남자들 또한 자신의 성별을 드러내는 특정 신체 부위를 스스로 매우 소중히 여기지 않는가. 그대들이 원하지 않았는데 모르는 여자 혹은 남자에게 그 부위를 세게 움켜잡히면 어떨 것 같은가. 주먹부터 올리기 십상이다. 여성도 정확히 그 기분이다. 주먹만 못 올렸을 뿐.

이제는 사라진 지하철 매너손과 여성 전용칸을 소환한 건 그리움 때문이다. 차별과 실효에 밀려 배려가 고려 대상이 되는 것이 아니라, 배려를 목적으로 하여 배려부터 하고 보는, 대상을 향한 진짜 배려 같은 배려. 지하철 매너손과 여성 전용칸이 그리운 건 대상을 우선시하는 순도 높은 배려였기 때문이다. 덕분에 몸뿐 아니라 마음까지 내 것으로 편히 지킬 수 있었기 때문이다.

지하철 예찬

버스만 타는 지인이 있다. 대중교통으로 지하철은 안 타
겠다는 의지가 강한 인물인데 그 나름의 이유가 있었다.
지하철은 무섭다, 땅 아래로 다녀서 지상보다 위험하게
느껴진다, 사고 시 대처가 어렵다, 어두워서 싫다, 계속
까맣기만 하니 답답하다, 창문을 열 수 없으니 공기가
안 좋을 것 같다, 등등 부정적인 이유들을 듣자하니 이
정도면 안 타는 게 나을 만도 하다는 생각이 들었다. 하
나같이 맞는 말이었지만 내게는 딱히 두드러지는 이유
가 되지 못했다. 나는 이상하리만큼 지하철을 긍정적으
로 받아들인다. 땅 아래여서, 어두워서, 답답해서, 공기
가 안 좋아서를 나쁘게 생각해본 적이 없다. 대신 정확해
서, 편리해서, 저렴해서가 굳이 말하자면 지하철만 타는
이유가 되려나. 그래서 어딘가를 가야 한다면 나는 무조

건 지하철부터 떠올린다. 가야 할 곳이 한두 정거장 거리라면 걸으면 걸었지 지하철 대신 버스를 타는 경우는 거의 없다. 버스만 탄다는 지인이 지하철을 안 타는 이유를 알려주니 나도 지하철만 타는 이유를 말하긴 했으나 어언 30년 지하철 인생에 이제 와 똑 부러지는 이유를 대는 것이 어색하다. 명백한 이유를 가지고 시작하더라도 경력 30년이면 이유 전에 몸이 알아서 움직이는 법이니까. 어찌되었건 간에 나는 버스보다 지하철을 타는 것이 좋다.

어릴 적 친구들과 번화가를 가기 위해 탔던 버스는 타기 전부터 잘못 탈까봐 염려가 되었다. 잘 타고 나서도 잘못 내리는 실수를 범하기 쉬웠고 내리고 나면 또 어디인지 알 수 없어서 염려에, 혼란에, 막판에는 서로에게 책임을 떠넘기기까지 긴장 끝에 싸움이 배치되기 딱 좋았다. 모르는 동네가 시야에 너무 잘 보이는 게 우리들의 문제이자 버스의 약점이었다. 지하철은 반대다. 아는 동네든 모르는 동네든 지하철 안에서 보이는 건 까만색밖에 없다. 내려야 할 역만 잘 기억하고 내리면 큰 문제가 없다. 혹여 잘못 내린다고 해도 노선도대로 다시 찾아가면 바로잡기도 쉽다. 노선도 역시 지하철이 더 쉽다. 노선도 하나만으로도 환승역과 경로를 한눈에 볼 수 있을 뿐 아니라 최소 환승과 최소 시간을 선택해서 경로를 비교할 수 있다. 노선도가 알려준 경로가 최소 시간이어도 두 번의 환승이 필요하다면 최소 환승으로 설정을 바꾸어 환승 없이 가기도 한다. 초행길이라고 해도 지하철을 탄다면 딱히 어렵지 않다. 역의 개수에 따라 소요 시간과 도착 시간이 정확히 맞아떨어지니 계산만 잘하면 대기 시간 없이 탈 수도 있다. 제아무리 출퇴근 시간이라고 해도 지하철은 내부가 복잡하면 복잡했지 도착하는 시간만큼은 틀림없이 정확하다. 이것이 도로와는 차원이 다른 철로의 사정이자 위엄이다.

이렇게 버스가 불안하고 지하철이 든든한 이유를 댈 수는 있지만 사실 지하철이 월등히 좋아서 둘 중 지하철로 기울었다기보다 계속 타다보니 쭉 습관처럼 지하철을 타게 되었다는 게 맞을 거다. 또하나, 유년기에 부산발 서울행 고속버스에서 겪은 흑역사가 버스에게서 등을 돌리게 한 결정적 계기가 되었을 가능성이 크다. 고속버스에서 겪은 일을 버스에 묻히는 것 같아 그렇지만 가재는 게 편이듯 고속버스와 버스는 한 통속이다!

국민학생 시절 여름방학이면 나는 엄마 손을 잡고

서울의 친척집을 방문했다. 집에서 가까운 사직고속버스터미널로 가서 서울행 고속버스에 올랐다. 엄마랑 단둘이 나란히 앉아 다른 지방으로 간다는 건 색다른 소풍이었다. 혼자 저 앞까지 달렸다가 제자리에서 폴짝폴짝 뛰기도 했다가, 어린아이가 들뜨고 설레는 기분을 달리기로 표현하듯 어린 나도 그러했다. 세상에서 제일 좋아하는 엄마와 한국에서 제일 좋아 보이는 서울로 가는 일이니 좋을 수밖에 없었다. 운전기사가 시동을 걸고 20분쯤 달려 본격적인 고속도로로 들어서면 좋았던 기분은 사라졌다. 속이 울렁거렸고 입안에는 침이 고였고 고인 침은 미끌거렸다. 헛구역질이 올라왔고, 입안에서는 아플 때 나던 냄새가 났다. 자꾸만 구토가 올라올 것 같아 더 자꾸 침을 삼켜 불편함을 없애야 했다. 뱃속에서부터 목구멍까지 차오르는 거북함. 나는 멀미 세계왕이었다. K-travel sickness, 멀미에도 한류가 있다면 내가 주역이 되어야 마땅하다 할 정도였다. 부산에서 서울까지 대여섯 시간의 장거리 이동이니 어쨌거나 한 끼는 먹어야 했는데 집에서 아침을 먹고 나서면 아침식사가, 휴게소에서 점심을 먹으면 점심식사가 영상을 거꾸로 돌리듯 입에서 비닐봉지로 형태도 없이 쏟아졌다. 내가 내는 소리에 한 번, 냄새에 두세 번, 오장육부가 입 밖으로 튀어나오기 직전까지 올려냈다. 전쟁 같은 구토를 끝내고 휴게소에 내린 엄마와 내 손에는 나로 인해 부푼 비닐봉지 여러 개가 들려 있었다. 창백한 안색과 혼미한 정신이 내게 남은 전부였다. 엄마는 속을 다 비워낸 어린 딸이 안쓰러워 구토를 덜 유발할 것 같은 종류의 음식을 몇 가지 사서 고속버스에 올랐다. 그중에는 내가 제일 좋아하는 핫도그도 있었다. 엄마의 당부대로 천천히 꼭꼭 씹어 먹은 핫도그는 얼마 지나지 않아 내 안에서 비닐봉지 속으로 또다시 쏟아져내렸다. 술을 넣으면 넣는 대로 다 받아들이는 밑 빠진 독에 술 붓기 대학생의 유년기가 무엇이든 먹으면 먹는 대로 다 토하고 마는 구토대장이었다니. 먹는 족족 다 토해내니 안 먹는 것이 최선책이었다. 먹는 것 없이 물만 홀짝홀짝 마시니 이번엔 물을 쏟아냈다. 신기한 일이었다. 무엇이든 토할 준비가 되어 있던 내 몸은 들여보내주는 것이 없으니 물이라도 토해내야 직성이, 그러니까 구토력이 풀렸던 걸까. 그후로도 서울행 고속버스를 탔고 구토를 했다. 고속버스와 구토의 뗄 수 없는 고리 속에서 사경을 헤맨 끝에 나의 구토는 음식의 종류와 꼭꼭 씹어 먹는 습관과는 전혀 관계가 없다는 걸 알았다. 구토 유발자는 바로 차냄새였다. 버스에서 나는 특유의 냄새, 나는 그 냄새를 못 견뎌냈던 것이다. 그리하여 탑승과 동시에 내 속은 슬슬 뒤집어질 준비를 했다. 그 냄새는 차 안을 가득 채우고 있어서 피할 수가 없었는데 속이 안 좋아 상체를 앞으로 숙이면 앞좌석의 와인 빛깔 의자에서도 났고, 그 냄새를 피해 고개를 돌려 창 쪽으로 머리를 기대면 커튼에서도 배어나왔고, 또다시 그 냄새를 피해 고개를 뒤로 젖히면 얼굴과 버스 천장 사이 공간에서도 맡아졌다. 고속버스 안에서는 차냄새가 곧 공기였다. 그리하여 나는 고속버스 안에서는 물을 포함하여 아무것도 먹지 않았고 이모에게 배운 멀미 퇴치법에 따라 부산에서 서울까지를 버텼다. 엄지와 검지 사이 물갈퀴처럼 생긴 부분의 안쪽을 반대 손의 엄지와 검지로 사정없이 집어 눌러주는 것인데 몇 분만 해도 당하는 손과 행하는 손 둘 다 몹시 아팠다. 다행히 멀미와 구토를 잠재우는 데 효과는 있었는데 여느 약발처럼 손가락발도 뒤로 갈수록 떨어졌다. 초반과 다르게 나중에는 악 소리가 날 만큼 집고 눌러 손톱자국이 선명해져도 효과는 미비했다. 그래도 엄지와 검지는 쉴새없이 움직여야만 했다. 아무리 아파도, 효과가 없어도, 살아서 서울에 도착하려면 기댈 곳은 엄지와 검지밖에 없었다. 두 손가락 말고도 이런저런 멀미약, 검증되지 않았으나 누군가로부터 멀미에 좋다고 들은 수박 등 다양한 방법을 열심히 써도 자식이 다 죽을 것 같은 모양을 반복하자 엄마는 나를 고속버스에서 기차로 옮겨 태웠다.

한창 멀미가 물올랐을 무렵에는 택시 안에서도 특유의 차냄새를 감지했다. 내가 국딩 저학년일 때 전주의 친척들과 서울의 친척들이 부산 우리집을 몇 차례 다녀갔다. 그때마다 엄마는 막내딸인 나를 아주 예쁘게 꾸며주었다. 저녁은 주로 해운대로 가서 먹었는데, 택시로 이동했다. 택시 안에서 어른들은 서로의 근황을 물으며 끊임없는 대화를 했고, 몇 분 전만 해도 웃을 줄밖에 몰랐던 해맑은 어린이는 홀로 창밖을 보며 미끌거리는 침을 조용히 그리고 힘겹게 삼켰다. 어른들 모르게 동래에서 해운대까지를 버텼다. 내 생애 가장 어리고 고독한 싸움이었다. 대입을 목전에 둔 고등학생이 되면서 택시와 고속버스를 탈 일이 없어졌고 멀미와 구토도 차차 잊혀져갔다.

지하철 경력 30년이면 몸이 알아서 지하철로 향하는 것처럼 고속버스 구토 30회 이상이면 몸이 알아서 버스를 피하게 된다. 고속버스와 버스는 엄연히 다르지만 당시 특유의 차냄새는 고무바퀴 달린 이동수단에서는 거의 다 맡을 수 있었고 게다가 몹시 진하기까지 하여, 고속버스에서 고속을 떼어낸 버스라고 해도 처참했던 멀미와 구토의 기억은 고속버스와 버스를 같은 편으로 취급하여 거부하게 함으로써 지하철을 선호하게 만들었다. 버스만 타는 지인이 지하철을 외면하는 이유와 지하철만 타는 내가 버스를 외면하는 이유는 우연찮게도 심리적 측면이라는 점에서 같았다. 멀미와 구토를 유발하는 차냄새를 피하자고 지하철을 선택한 것도 맞긴 하지만, 그렇다고 이것이 지금까지 지하철을 꾸준히 타게 하는 이유의 전부는 아니다. 어쩔 수 없는 선택과 긍정적 애용은 엄연히 다른 이야기니까.

학생에서 직장인이 되어서도 쭉 롱디퍼슨으로 먼 거리를 감내하며 살아온 내게 지하철은 역할과 의미가 크다. 부산의 지하철은 주말마다 어른의 세계를 맛보게 했고 서울의 지하철은 매일매일 직장인의 세계를 열어주었다. 강북에서 인천으로 통학했던 대학 시절과 부천에서 강북으로 출근했던 신입 직장인 시절, 부천에서 강남으로 출근했던 경력 직장인 시절, 지하철이 아니었다면 정시 출석과 출근은 감히 엄두조차 내지 못했을 것이다. 지하철역 약 40개에 해당하는 장거리를 빠르고 편안하게 데려다주는 일은 다른 어떤 수단보다 지하철이 가장 잘해왔다. 태생부터 타고난, 사람 많고 복잡하다는 운명은 쉽게 바뀌지 않겠지만 신세계를 펼쳐주고 장거리를 뛰어주는 30년 지기 지하철을 내 어찌 예찬하지 않을 수 있을까.

모두의 지하철 예찬

인생은 계속해서 돌을 굴려올리는 시시포스의 운명을 닮았다. 당장의 고생으로 수고스러운 하루와 그 합으로 온몸 뻐근한 인생을 동시에 굴리며 살고 있다. 그리하여 지하철의 누구에게도 오늘 하루는 녹록하지 않았으며 그 합으로서의 인생 또한 유유자적할 리 없다. 많은 사람들의 아침은 지옥인 지하철로 들어갔다 나와, 전쟁터인 직장으로 들어가며 시작된다. 지옥 후에 전쟁이라니 전쟁 후 지옥보다 어쩐 일인지 더 피곤하게 느껴져 절로 딱한 마음이 든다. 순서야 어떻든 지옥과 전쟁을 함께 치를 필요가 있을까. 돈벌이가 달린 직장은 건들 수 없는 울타리에 있으니 제쳐두자. 그렇다면 지하철은 굳이 지옥이 아니어도 되지 않을까.

예전보다 나아진 분위기지만 지하철은 늘 복잡하고 그 복잡함은 주로 출퇴근 시간에 집중된다. 출퇴근이라고 말하는 것은 대부분 직장인에게 초점을 두고 있다. 자기 나름의 역할을 다하며 업무를 담당하는 직장인이 지하철에서는 왜 승객으로서의 역할을 다하지 못하는지 알 수 없다. 업무보다 말도 안 되게 쉬운데도 말이다. 지하철에서 승객이 역할을 행사할 순간은 그렇게 많지도 않을뿐더러 타인에게 피해가 가지 않게 내 갈 길만 잘 가면 큰 문제 없이 승객으로서의 역할을 소화할 수 있다.

얼마 전 뉴스를 통해 지하철에서 흡연하는 남자(담배빌런)를 보았다. 화면 속 남자는 주위 승객들이 불쾌감을 드러내는데도 아랑곳하지 않고 흡연을 했으며 한 승객이 담배를 빼앗자 바로 다음 담배를 꺼내 물었다. 흡연을 말리는 승객에게는 꼰대 같다며 쌍욕을 했고 한 승객에게 끌려 지하철에서 내렸으나 내린 역에서도 다른 시민을 폭행한 것으로 보도되었다. 황당한 소동으로 넘기기에는 무언가 찜찜했다. 어떠한 심리가 저런 행동을 하게 만든 것일까. 만물에는 정도의 선線이라는 것이 존재하고 우리는 가급적 그 선을 지키며 살고 있다. 인간이란 이기적이고 무례하기 짝이 없는 존재이지만, 이기와 무례에도 상한선이 있으며 이를 넘지 않으려 노력하는 사람들이 그렇지 않은 사람보다 더 많기 때문에, 그나마 사회의 선善한 면을 조금은 지킬 수 있고 아직은 살 만한 세상이라고 안도할 수 있다고 생각한다. 당신이 뭔데, 내가 하겠다는데, 네가 무슨 권리로 막느냐는 태도는 지하철 내 흡연을 합리화할 수 없다. 흡연할 자유는 있고 막을 권리가 없는 거라면 입장을 바꾸어 막을 자유가 있고 흡연할 권리가 없는 것도 맞는 말이어야 한다. 타인에게 피해를 주며 내 갈 길을 가겠다는 태도는 신기, 특이, 관종, 뭘 갖다붙여도 그저 망나니짓에 불과하여 결국 법의 심판을 기다리게 되었다. 담배빌런 만큼은 아니어도 곧 상한선을 칠 이기와 무례가 지하철에는 빼곡하다. 지하철은 이기심과 무례함을 꽉 채워서 달린다고 해도 과언이 아니다. 스마트폰 잘 보겠다고 양팔로 버티는 자리 확보, 욕구 채우겠다고 남의 몸을 더듬고 움켜쥐는 성추행범, 급한 것도 아닌데 끊지 않고 계속하는 고성의 통화, 한 사람의 공간을 완벽히 잡아먹는 커다란 백팩, 다 내리지도 않은 사람들을 밀치고 타는 급한 마음…… 나만 좋고

상대는 불편한 상황은 너무도 많다. 나만 좋자고 이기와 무례를 행하는 사람 속에서 나는 꾸준히 예민해졌고, 어느 순간 나도 내로남불하며 이기적인 개개인이 모여 단단하게 커져버린 지하철 내 집단적 이기심에 한몫했을 것이다. 지하철이 지옥철이라 불리게 된 건 복잡함 때문만은 아닐 거라고 의심해본다. 타인을 향한 양보와 배려가 모자라서 지하철은 태생부터 지금까지 지옥철이라는 별명을 달고 사는 것인지도 모른다. 이기와 무례는 바이러스와 같아서 쉽게 퍼지고 오래 산다. 이기와 무례를 다스릴 수 있는 건 양보와 배려라는 백신뿐이다. 따분하고 고리타분한 교장선생님의 훈화 말씀 같아도 지하철에서는 양보와 배려를 더 많이 떠올리고 실천해야 한다. 이기와 무례가 하루아침에 양보와 배려로 탈바꿈하기는 어렵겠지만 나를 생각할 때 남도 한번 생각하는 걸로 이기와 무례의 상한선을 조금씩 낮추면 좋겠다.

지하철에서 종종 발견하는 친절과 인간미는 사막에서 찾은 오아시스, 시멘트벽을 뚫고 나오는 풀꽃과도 같다. 오아시스와 풀꽃은 잿빛 지하철에 푸른 생명을 넣어왔다. 퇴근길의 승객을 위로했던 지하철 기관사의 멘트와 음악이 훈훈한 미담으로 회자되어온 것도 같은 이유에서일 것이다. 문 앞에서 쿵 소리와 함께 쓰러진 장년의 남자를 향해 반사적으로 뛰어가던 사람들, 긴급 요청 전화를 거는 사람들, 어쩔 줄 몰라 안타까워하던 나와 같은 사람들이 있어 그는 빠르고도 무사히 긴급구조대에 인도되었다. 정차한 지하철 안의 사람들은 창밖으로 플랫폼의 남자를 바라보았다. 모두가 하나의 관심과 바람으로 그를 보고 있었다. 남자의 졸도로 인해 늦었다고 불평하는 사람은 한 명도 없었다. 나도 그들 중 하나로, 그들을 바라보며 따듯함을 느꼈다. 지하철에서 집단적 인간미를 볼 수 있어 감사했다.

여행은 장소보다 동행자에 따라 추억과 여운이 다르다 했다. 지하철도 마찬가지다. 채우는 사람에 따라, 사람의 온도에 따라, 냉탕과 온탕이 결정된다. 지하철도 변화를 겪었다. 내부는 불에 잘 타지 않는 재질로 전격 교체되었고 외부도 촌스러움을 벗고 지금의 모습을 갖추었다. 나와 우리를 안전히 실어나르기 위해, 모두에게 크게 밉상이 되지 않기 위해 건강하고 예뻐졌다. 한국의 지하철은 세계가 부러워하는 수준이다. 낭만의 도시 파리의 지하철은 비싸고 삭막하여 철저히 비낭만적이고, 신사의 나라 영국 런던의 지하철은 복잡하고 악취까지 풍겨 무례할 대로 무례하다는 것쯤은 듣고 봐서 알 것이다. 우리의 지하철은 청결하고 쾌적하며 서울을 중심으로 경기도 등 수도권까지 넓게 커버하며 나날이 긍정적으로 변화해왔다. 와이파이, 에스컬레이터, 엘리베이터, 환승 시스템까지 스마트하고 정교하다. 디지털 강국으로서의 면모가 지하철에서도 드러난다. 또다른 형태의 업데이트, 업그레이드가 있겠지만 나는 지금의 지하철에 만족한다. 지하철은 할 만큼 했다. 이제 지하철에서의 나와 우리가 건강하고 예뻐질 차례다. 어렵지 않다. 말과 행동에서 무례와 이기를 덜어내고 온기를 더하는 걸로 충분하다. 그러면 지하철에도 품위라는 것이 깃들 것이다. 품위 있는 사람들로 채워진 지하철은 품위 있을 수밖에 없다. 그때가 되면 많은 이들이 지하철을 예찬하리라 믿어 의심치 않는다.

휴대전화 사진첩을 뒤적이다 사진 하나를 발견했다. 까만 머리통들이 빼곡히 담겨 있는 흑백사진. 일을 마치고 집으로 향하는 지하철에서 나와 같은 직장인의 모습을 담고 싶어서 번쩍 손을 들어 찍었던 사진이다. 움직임도 표정도 없는 사람들, 직장인의 퇴근길은 흑백이 어울렸다. 경쾌한 퇴근길은 없고 선명한 컬러는 생생한 민낯만 드러내니 흑백 모드는 적절한 선택이었다. 몇 개의 회의를 쳐내고, 프로젝트의 진도를 빼며, 약간의 야근을 하고, 집으로 향하는, 나와 비슷한 하루를 산 남자와 여자가 지하철을 가득 메우고 있었다.

지하철은 오늘도 반복의 문을 연다. 어제와 같은 닫힘과 열림이지만 오늘은 어제와 다를 거라고, 나을 거라고 믿으며 오른다. 종일 앉아 있어야 하는 업무가, 매일 똑같이 오가는 구간이, 오늘도 다를 것 없이 흘러가는 시간이, 뻔하고 답답하게 느껴져도 매일의 반복이 나중의 변화가 될 거라는 믿음은 끝까지 챙겨가고 싶다. 수없이 많은 날 타고 내렸던 지하철은 모두의 커리어와 사랑을 향해 달려왔다. 반복의 문 앞에서 어느 날 인생이 느껴질 때 커리어와 사랑이 무르익어 나를 다독여줄 것이다. 그러니 쳇바퀴 같은 일상이라고 무미건조한 지하철이라고 홀대하지 않으련다. 지친 나를 태우고 달리는 지하철을 응원하며 그 속에서 다시 내일을 꿈꾸는 나와 동지들을 지지하련다.

내일은 또 몇 시에 어디로 향하는 지하철을 타게 될지, 어느 역에 내려서 무엇을 보고 느끼게 될지, 2022년 지하철 속 나는 어떤 모습으로 무슨 고민을 하고 있을지 알 수 없지만, 변함없는 지하철에 변화무쌍한 내가 타고 있을 거라는 확신만은 선명히 든다.

가끔 정차하고 때론 고장이 나더라도 그저 꾸준히 달리기로 한다. 빠르거나 혹은 느리거나, 내 템포가 변덕을 부리더라도 지하철은 변함없이 나를 태우고 달려줄 것이다.

자, 그럼 함께 달려볼까?

날마다, 지하철
매일 오르고 내리니 어느덧 어른이 되어 있었다

ⓒ 전혜성 2021

초판 1쇄 인쇄 2021년 11월 1일
초판 1쇄 발행 2021년 11월 11일

지은이 전혜성

편집 이원주 이희연 신정민
디자인 윤종윤 이주영
마케팅 정민호 김경환
홍보 김희숙 함유지 김현지 이소정 이미희
제작 강신은 김동욱 임현식 | 제작처 천광인쇄사

펴낸곳 (주)교유당 | 펴낸이 신정민
출판등록 2019년 5월 24일 제406-2019-000052호

주소 10881 경기도 파주시 회동길 210
전화 031.955.8891(마케팅) | 031.955.2680(편집) | 031.955.8855(팩스)
전자우편 gyoyudang@munhak.com

인스타그램 @thinkgoods | 트위터 @thinkgoods | 페이스북 @thinkgoods

ISBN 979-11-91278-81-1 03810